Atire no pianista

Livros do autor na Coleção **L&PM** Pocket

Atire no pianista
A garota de Cassidy
Lua na sarjeta
Sexta-feira negra

David Goodis

Atire no pianista

Tradução de Edmundo Barreiros

www.lpm.com.br
L&PM POCKET

Coleção **L&PM** Pocket, vol. 472

Primeira edição na Coleção **L&PM** POCKET: 2005
Esta reimpressão: janeiro de 2007

Título do original: *Down there (Shoot the piano player)*

Tradução: Edmundo Barreiros
Revisão: Renato Deitos, Jó Saldanha e Deise Mietlicki
Capa: Ivan Pinheiro Machado

ISBN: 85.254.1468-9

G652a   Goodis, David, 1917-1967.
                Atire no pianista / David Goodis; tradução
       de Edmundo Barreiros. -- Porto Alegre: L&PM, 2007.
         224 p. ; 18 cm. -- (Coleção L&PM Pocket)

            1.Literatura norte-americana-Romances policiais.
   I.Título. II.Série.

                                 CDD 813.72
                                 CDU 821.111(732)-312.4

Catalogação elaborada por Izabel A. Merlo, CRB 10/329.

© da tradução, L&PM Editores, 2005
© 1956 by the Estate of David Goodis. Copyright Renewed. All Rights Reserved Throughout the World.

Todos os direitos desta edição reservados à L&PM Editores
PORTO ALEGRE: Rua Comendador Coruja 314, loja 9 - 90220-180
Floresta - RS / Fone: 51.3225.5777
PEDIDOS & DEPTO. COMERCIAL: vendas@lpm.com.br
FALE CONOSCO: info@lpm.com.br
www.lpm.com.br

IMPRESSO NO BRASIL
Verão de 2007

Capítulo um

Não havia iluminação nas ruas. Na verdade, não havia luz alguma. Era uma ruazinha estreita na área de Port Richmond, em Filadélfia. Do rio Delaware, ali perto, soprava um vento frio cortante que dizia a todos os gatos vira-latas para procurarem um porão aquecido. A chuva do fim de novembro tamborilava contra janelas escuras como a meia-noite e apunhalava os olhos do homem caído na rua.

O homem estava ajoelhado na sarjeta. Respirava com dificuldade, cuspia sangue e se perguntava seriamente se seu crânio não estava fraturado. Tinha corrido às cegas, a cabeça baixa, por isso não viu o poste telefônico. Bateu de cara e caiu sobre as pedras do calçamento. Queria parar, já tinha sido o suficiente por uma noite.

Mas você não pode fazer isso, disse a si mesmo. É preciso levantar e continuar correndo.

Ele se levantou lentamente, meio tonto. Tinha um grande galo no lado esquerdo da cabeça, o olho esquerdo e a maçã do rosto estavam um pouco doloridos e o interior da boca sangrava no local que mordera ao bater no poste. Ele imaginou como seu rosto devia estar e conseguiu dar um sorriso, dizendo a si mesmo: você está indo bem, Jim. Está mesmo em ótima forma. Mas acho que vai conseguir, pensou, e correu outra vez, então mais rápido quando os faróis dobraram a esquina, o carro acelerou e o ruído do motor se aproximou dele.

O facho de luz mostrou a ele a entrada de um beco. Ele dobrou e entrou correndo na ruela, percorreu-a inteira e saiu em outra rua estreita.

Talvez seja esta, pensou. Talvez seja esta a rua que você procura. Não, sua sorte está boa, mas não tão boa assim. Acho que você vai ter que correr mais até achar a rua certa, até ver aquele letreiro luminoso, aquele bar onde Eddie trabalha, o lugar chamado Harriet's Hut.

O homem continuou a correr. No fim do quarteirão, virou e desceu a rua seguinte, procurando na escuridão algum sinal do letreiro luminoso. Você precisa chegar lá, disse para si mesmo. Precisa falar com Eddie antes que eles peguem você. Mas eu queria conhecer melhor essa área. Queria que não estivesse tão frio e escuro por aqui, com certeza não é uma noite para andar a pé. Especialmente quando você está correndo, acrescentou. Quando está fugindo de um Buick muito rápido com dois profissionais dentro, dois operadores de alto nível, verdadeiros especialistas em seu campo.

Ele chegou a outro cruzamento, observou a rua e, no final dela, lá estava, o brilho alaranjado, o letreiro luminoso da taberna na esquina. O letreiro era muito velho, feito de lâmpadas em vez de tubos de néon. Algumas lâmpadas estavam faltando, as letras, ilegíveis. Mas restava o suficiente para que qualquer passante pudesse ver que era um lugar para beber. Era o Harriet's Hut.

O homem agora andava devagar, meio que cambaleando, enquanto se dirigia ao bar. Sua cabeça latejava, os ventos cortavam seus pulmões, que pareciam congelados ou em chamas, ele não tinha bem certeza qual era a sensação. E, pior de tudo, suas pernas estavam pesadas e ficando ainda mais pesadas, os joelhos começavam a ceder. Mas ele continuou se arrastando, aproximou-se do letreiro luminoso, aproximou-se ainda mais e, finalmente, chegou diante da entrada.

Abriu a porta e adentrou o Harriet's Hut. Era um lugar bem grande, de pé-direito alto, e pelo menos trinta anos atrasado no tempo. Não havia vitrola automática nem televisão. O papel de parede estava descolando em alguns lugares e em outros estava rasgado. As mesas e cadeiras tinham perdido o lustro, e o latão do balcão do bar não tinha mais qualquer brilho. Acima do espelho atrás do bar havia uma foto esmaecida e meio rasgada de um aviador muito jovem de capacete e sorrindo para o céu. Nela estava escrito "Lucky Lindy". Perto, havia outra fotografia que mostrava Dempsey se esquivando e atacando um Tunney calmo e técnico. Na parede adjacente ao lado esquerdo do bar havia um quadro emoldurado de Kendrick, que era o prefeito de Filadélfia na época do Sesquicentenário da Independência, em 1926.

A multidão de sexta-feira à noite estava amontoada em fila tripla ou quádrupla junto ao bar. A maioria dos bebedores usava calças e sapatos pesados de trabalho. Alguns eram muito velhos, sentados em grupos às mesas, os cabelos brancos e os rostos vincados. Mas as mãos não tremiam quando erguiam suas cervejas. Ainda podiam levantar um copo tão bem quanto qualquer freqüentador do Hut, e o seguravam com uma dignidade que dava a eles a aparência de veneráveis anciãos em um conselho municipal.

O lugar estava totalmente lotado. Todas as mesas estavam ocupadas, e não havia uma cadeira vazia sequer para um recém-chegado de pernas cansadas.

Mas o homem de pernas cansadas não procurava uma cadeira. Procurava o piano. Podia ouvir a música que vinha do piano, mas não via o instrumento. Uma nuvem de fumaça de tabaco e bebida nublava sua visão e tornava tudo vago, quase opaco. Ou talvez seja eu, pensou ele. Talvez esteja acabado e prestes a apagar.

Passou cambaleante pelas mesas enquanto seguia na direção do som do piano. Ninguém prestou atenção a ele, nem mesmo quando tropeçou e caiu. À meia-noite e vinte daquela sexta-feira à noite, a maioria dos clientes do Harriet's Hut estava alegre ou tonta de tanto beber. Eram trabalhadores dos moinhos de Port Richmond que tinham dado duro a semana inteira. Estavam ali para beber e beber um pouco mais, para esquecer todas as coisas sérias, ignorar cada um dos problemas do mundo real e duro demais além das paredes do Hut. Nem mesmo viram o homem que se levantava bem devagar da serragem no chão e estava ali de pé com o rosto ferido e a boca sangrando, sorrindo e murmurando:

– Tudo bem, estou ouvindo a música, mas onde está o maldito piano?

Então ele começou a cambalear outra vez, esbarrou em uma pilha de caixas de cerveja colada a uma parede. Ela formava uma espécie de pirâmide, e ele tateou seu caminho ao longo dela, as mãos sentindo o papelão das caixas de cerveja até que o papelão terminou e ele quase caiu outra vez. O que o mantinha de pé era a visão do piano, especialmente a visão do pianista sentado ali no banquinho redondo, um pouco inclinado, lançando um sorriso sutil e distante para nada em particular.

O homem alto de rosto ferido e pernas cansadas, ombros muito largos e uma densa cabeleira loura aproximou-se do piano. Chegou por trás do músico, pôs uma mão em seu ombro e disse:

– Oi, Eddie.

O músico não respondeu. Sequer moveu o ombro sobre o qual a mão pesada do homem se apoiava. E o homem pensou: Parece que está longe, nem mesmo sente, está viajando com sua música, é uma vergonha gritante que você tenha de chamá-lo à realidade, mas é isso mesmo, você não tem escolha.

– Eddie – disse mais alto o homem. – Sou eu, Eddie.

A música continuou, o ritmo contínuo. Era um ritmo suave e fácil, um pouco triste e sonhador, um fluxo de som agradável que parecia dizer: nada importa.

– Sou eu – disse o homem, sacudindo o ombro do músico. – Turley. Seu irmão, Turley.

O músico continuou fazendo sua música. Turley suspirou e sacudiu lentamente a cabeça. Pensou: você não pode alcançar esse daqui. É como se estivesse em uma nuvem, inatingível.

Então a música terminou. O músico virou-se lentamente, olhou para o homem e disse:

– Oi, Turley.

– Você é mesmo uma figura – disse Turley. – Não me vê há seis, sete anos. E olha para mim como se eu estivesse voltando de um passeio no quarteirão.

– Você bateu de cara em alguma coisa? – inquiriu calmamente o músico, enquanto examinava o rosto machucado, a boca suja de sangue.

Uma mulher levantou-se de uma mesa próxima e tomou a direção de uma porta onde estava escrito *Moças*. Turley viu a cadeira vazia, pegou-a, puxou-a para perto do piano e sentou. Um homem à mesa gritou:

– Ei, essa cadeira está ocupada.

E Turley disse para o homem:

– Calma, Jim, você não está vendo que sou um inválido? – Ele virou-se para o músico e, rindo novamente, disse: – É, bati em uma coisa. A rua estava escura demais e acertei um poste.

– De quem você está fugindo?

– Não é da polícia, se é isso o que está pensando.

– Não estou pensando nada – disse o músico. Era de estatura mediana, mais para magro, e com uns trinta e poucos anos. Estava ali sentado sem qualquer expressão.

Tinha um rosto agradável. Sem rugas profundas ou olheiras. Os olhos eram de um cinza suave, e tinha uma boca suave e relaxada. Os cabelos castanho-claros não estavam muito penteados, pareciam ter sido ajeitados com os dedos. O colarinho da camisa estava aberto e ele não usava gravata. Vestia um paletó remendado e amarrotado e calças remendadas. As roupas pareciam fora de época, indiferentes ao calendário e às colunas de moda masculina. O nome completo do homem era Edward Webster Lynn e seu único emprego era este aqui no Hut, onde tocava piano seis noites por semana, das nove às duas. O salário era de 30 dólares; com as gorjetas, variava entre 35 e 40 por semana. Era mais que suficiente para suas necessidades. Era solteiro, não tinha carro e tampouco dívidas ou compromissos.

– Bem, de qualquer forma – prosseguiu Turley –, não é a polícia. Eu não ia envolver você se fosse isso.

– Foi por isso que veio aqui? – perguntou Eddie com tranquilidade. – Para me envolver em alguma coisa?

Turley não respondeu. Virou a cabeça levemente e afastou os olhos do músico. Seu rosto estava tomado pela consternação, como se ele soubesse o que tinha a dizer, mas não conseguisse fazê-lo.

– Não tem jogada – disse Eddie.

Turley soltou um suspiro. Ao terminar, o sorriso voltou.

– Bem, mas, afinal como você anda?
– Estou bem – disse Eddie.
– Sem problemas?
– Nenhum. Tudo está legal.
– Até as finanças?

— Está dando pro gasto – Eddie deu de ombros, mas os olhos se apertaram um pouco.

Turley suspirou outra vez.

— Desculpe, Turley, mas não tem jogada – disse Eddie.

— Escute...

— Não – disse Eddie com calma. – Não quero saber o que é, você não pode me envolver.

— Mas o mínimo que você pode fazer é...

— E a família, como vai? – perguntou Eddie.

— A família? – Turley estava piscando os olhos. Então entendeu. – Estamos todos em forma. Mamãe e papai estão bem...

— E Clifton? – disse Eddie, se referindo ao outro irmão, o mais velho. – Como está Clifton?

O sorriso de Turley abriu-se de pronto.

— Bem, sabe como é o Clifton. Ele está sempre correndo atrás...

— Está enrolado?

Turley não respondeu. O sorriso permaneceu, mas parecia ter perdido um pouco do brilho. Então ele disse, mudando de assunto:

— Você foi embora há muito tempo. Sentimos sua falta.

Eddie deu de ombros.

— Sentimos mesmo sua falta – disse Turley. – Sempre falamos de você.

Eddie olhou para além do irmão. O sorriso distante ressurgiu em seus lábios. Não falou nada.

— Afinal de contas – disse Turley –, você é um membro da família. Nunca dissemos para você ir embora. Quero dizer que você é sempre bem-vindo lá em casa. Quero dizer que...

— Como você descobriu onde eu me encontrava?

— Na verdade, não descobri. Não de cara. Então me

lembrei que, na última carta que recebemos, você mencionou o nome deste lugar. Achei que ainda estaria aqui. Pelo menos, eu esperava. Bem, então hoje eu estava no centro e procurei o endereço na lista telefônica.

– Hoje?

– Quero dizer, agora à noite. Quero dizer...

– Quer dizer que, quando as coisas apertaram, você me procurou. É isso?

Turley piscou outra vez.

– Não fique nervoso.

– Quem está nervoso?

– Você está bem nervoso, mas fica fingindo que não está – disse Turley. Então o sorriso entrou novamente em funcionamento. – Acho que você aprendeu esse truque morando aqui na cidade. Todos nós, do interior, comedores de melancia do sul de Jersey, nunca conseguimos aprender a manha. Sempre somos muito transparentes.

Eddie não fez qualquer comentário. Olhou despreocupado para o teclado e tocou algumas notas.

– Eu me meti numa encrenca – disse Turley.

Eddie não parou de tocar. As notas estavam nas oitavas mais altas, os dedos muito leves no teclado, produzindo uma música que fluía alegre e com vivacidade.

Turley mudou de posição na cadeira. Estava olhando ao redor, os olhos sempre conferindo a porta da frente, a lateral e a que levava à saída dos fundos.

– Quer ouvir uma coisa legal? – disse Eddie. – Escute isso...

A mão de Turley desceu sobre os dedos que batiam nas teclas. Por sobre o som dissonante que se produziu, sua voz saiu rouca e com certa urgência.

– Você precisa me ajudar, Eddie. Estou numa enrascada. Você não pode me dispensar assim.

– Também não posso me envolver.
– Acredite em mim, você não vai se envolver. Só estou pedindo para me deixar ficar em seu quarto até de manhã.
– Você não quer dizer ficar, quer dizer se esconder.
Turley deu outro suspiro profundo. Então assentiu com a cabeça.
– De quem? – perguntou Eddie.
– Dois encrenqueiros.
– É mesmo? Tem certeza que eles que inventaram a encrenca? Talvez tenha sido você.
– Não. A culpa é deles – disse Turley. – Eles estão me criando problema desde hoje cedo.
– Vá direto ao assunto. Que tipo de problema?
– Estão me seguindo. Estão na minha cola desde a hora em que eu saí de Dock Street...
– Dock Street? – Eddie franziu levemente o cenho. – O que você estava fazendo em Dock Street?
– Bem, eu estava... – Turley balbuciou, engoliu em seco, então esqueceu de Dock Street e disparou: – Que droga, eu não estou pedindo nenhum absurdo. Você só precisa me abrigar esta noite...
– Espere um pouco – disse Eddie. – Vamos voltar a Dock Street.
– Pelo amor de Deus...
– E outra coisa – prosseguiu Eddie. – O que você está fazendo aqui em Filadélfia?
– Negócios.
– Que tipo de negócio?
Turley pareceu não ouvir a pergunta. Respirou fundo.
– Rolou uma confusão e, quando eu vi, estava com esses dois na minha cola. E depois, o que acabou de vez comigo, é que fiquei sem grana nenhuma. Estava numa

espelunca na Delaware Avenue quando algum pilantra roubou minha carteira. Se não fosse por isso, eu poderia ter arranjado algum transporte, pelo menos um táxi para sair da cidade. Depois do que aconteceu, fiquei só com as moedas, então sempre que estou num bonde, eles estão atrás de mim em um Buick novinho. Vou dizer uma coisa: que sexta-feira ruim, cara. Tantos dias para baterem minha carteira...

– Você ainda não me contou nada.

– Depois eu explico a história toda. Agora, estou apertado de tempo.

Quando Turley disse isso, girou a cabeça para dar outra olhada na porta da rua. Distraidamente, levou os dedos ao lado esquerdo arrebentado do rosto e deu um sorriso de dor. O sorriso esvaneceu-se quando a tonteira retornou, e ele balançou de um lado para o outro, como se a cadeira tivesse rodas e estivesse andando por uma estrada esburacada.

– O que está acontecendo com o chão? – murmurou, os olhos agora semicerrados. – Que espécie de buraco é esse? Não conseguem nem consertar o chão? A cadeira não consegue nem ficar reta.

Ele começou a escorregar da cadeira. Eddie o tomou pelos ombros e o segurou.

– Você vai ficar bem – disse Eddie. – Apenas relaxe.

– Relaxar? – pronunciou indistintamente. – Quem precisa relaxar? – Turley balançou levemente o braço para indicar o bar entupido e as mesas lotadas. – Olhe para todas essas pessoas se divertindo. Por que eu não posso me divertir? Por que eu...

Está mal, pensou Eddie. Pior do que eu pensava. Ele está mesmo com problemas na cabeça. Acho que o que temos de fazer é...

— Qual o problema com ele? — disse uma voz.

Eddie olhou para cima e viu a dona do Hut, Harriet. Era uma mulher muito gorda, com quarenta e tantos anos. Tinha cabelo oxigenado, peitos grandes e quadris enormes. Apesar do excesso de peso, tinha uma cintura razoavelmente fina. Seu rosto tinha um toque eslavo, o nariz largo e um pouco achatado, os olhos azuis acinzentados com um certo olhar franco que dizia: jogue limpo comigo. Não tenho tempo para picaretas, vigaristas ou qualquer tipo de vagabundo, pilantra e vacilão. Quem bancar o engraçadinho ou o esperto, vai acabar tendo que comprar dentes novos.

Turley estava escorregando outra vez da cadeira. Harriet o pegou quando estava tombando para o lado. As mãos gordas dela o seguraram firme pelas axilas e ela se aproximou para examinar o galo em sua cabeça.

— Acho que bateu de cara — disse Eddie. — Está muito tonto. Acho que...

— Ele não está tão tonto quanto parece — cortou secamente Harriet. — E se não parar de fazer o que está fazendo, vai se arrebentar ainda mais.

Turley tinha passado um braço em torno de sua cintura e encostado a cabeça em seus seios extragrandes, volumosos e macios. Ela afastou-se, segurou o pulso dele e jogou seu braço para o lado. — Ou você está doido de cerveja ou de uísque, ou está só doido mesmo — informou ela. — Se vier com essa outra vez, vai precisar consertar esse seu queixo. Agora fique quieto enquanto eu dou uma olhada.

— Vou dar uma olhada também — disse Turley, e quando a mulher gorda se inclinou sobre ele para examinar seu crânio danificado, ele fez um estudo sério de seus peitos de mais de 110 centímetros. Envolveu novamente sua cintura com o braço.

– Você está pedindo – disse ela, exibindo o punho enorme. – Está mesmo pedindo, não é?

Turley ignorou o punho e sorriu.

– Eu sempre estou pedindo, lourinha. A qualquer hora do dia.

– Acha que ele precisa de um médico? – perguntou Eddie.

– Prefiro uma enfermeira grande e cheinha – balbuciou Turley, o sorriso perdido, um tanto idiota. Então, ele olhou em volta, como se tentasse descobrir onde estava. – Ei, vocês podiam me dizer uma coisa? Eu só queria saber...

– Em que ano estamos? – disse Harriet. – Estamos em 1946, na cidade de Filadélfia.

– Isso é pouco. Preciso de mais. – Turley aprumou-se na cadeira. – O que quero saber é... – mas uma névoa tomou conta dele que ficou ali, com um olhar vago para algum ponto além de Harriet, além de Eddie.

Harriet e Eddie olharam para ele, então um para o outro. Eddie disse:

– Se continuar assim, ele vai precisar de uma maca.

Harriet deu outra olhada para Turley e emitiu um diagnóstico final.

– Ele vai ficar bem. Já vi outros assim antes. No ringue. Quando acertam um certo nervo, eles perdem a noção do que está acontecendo. Então quando você vê, eles estão de volta, ficam bem outra vez.

Eddie só estava parcialmente convencido.

– Você acha mesmo que ele vai ficar bem?

– Claro que vai – disse Harriet. – Olhe só para ele. É feito de pedra. Conheço o tipo. Eles apanham e ainda pedem mais.

– É isso mesmo – disse Turley, solene. Sem olhar para Harriet, estendeu a mão para apertar a dela. Então mudou de idéia e a mão tomou outra direção. Harriet sacudiu a cabeça em um gesto maternal de censura. Um sorriso melancólico surgiu em meio a sua expressão rude, um sorriso de compreensão. Ela baixou a mão até a cabeça de Turley, os dedos em seu cabelo desalinhado para desalinhá-lo um pouco mais, para que ele soubesse que o Harriet's Hut não era tão barra pesada quanto parecia, que era um lugar onde ele podia descansar um pouco até se recuperar.

– Você o conhece? – disse ela. – Quem é?

Antes que Eddie pudesse responder, Turley já estava em outra jornada rumo às nuvens, e disse:

– Olhe lá do outro lado do salão. O que é aquilo?

Harriet falou com brandura, um tanto quanto cínica:

– O que, Johnny? Onde?

O braço de Turley se ergueu. Ele tentou apontar. O esforço foi grande, mas ele conseguiu.

– Você está falando da garçonete? – perguntou ela.

Turley não conseguiu responder. Seus olhos estavam fixos no rosto e no corpo da morena do outro lado do salão. Ela usava um avental e carregava uma bandeja.

– Você gostou? – perguntou Harriet. Mais uma vez ela desarrumou o cabelo dele e deu uma piscada para Eddie.

– Se eu gostei? – disse Turley. – Estou procurando uma coisa assim por todo lado. É o meu tipo de material. Quero conhecê-la. Qual o nome dela?

– Lena.

– Ela é demais – disse Turley. Ele esfregou as mãos. – Ela é demais.

– Então, quais são seus planos? – perguntou Harriet baixinho, como se estivesse falando sério.

– Só preciso de uma coisinha à toa – o tom da voz

de Turley era frio e técnico. – Uma bebida para mim e outra para ela. Isso vai facilitar as coisas.

– É claro que vai – disse Harriet, mais para si mesma com seriedade de verdade, os olhos, agora, apontados para a garçonete do outro lado do Hut lotado. Então virou-se para Turley.

– Você acha que está machucado? Machucado você vai ficar se tentar cantá-la.

Ela olhou para Eddie, esperando algum comentário. Eddie tinha tirado o corpo fora. Havia se virado para o teclado. O rosto mostrava um sorriso leve e desligado, e mais nada.

Turley se levantou para ver melhor.

– Qual é mesmo o nome dela?

– Lena.

– Então essa é a Lena – disse ele, os lábios movendo-se devagar.

– Isso que você está fazendo só vai piorar as coisas – disse Harriet. – Faça um favor a si mesmo. Sente-se. Pare de olhar.

Ele sentou, mas continuou olhando.

– Como assim, piorar as coisas? Quer dizer que ela não está no mercado?

– Não está disponível no momento.

– Casada?

– Não, ela não é casada – disse muito devagar Harriet. Os olhos estavam fixos na garçonete.

– Então qual é o problema? – Turley insistiu em saber. – Ela está saindo com alguém?

– Não – disse Harriet. – Não é só isso. O alfinete de chapéu serve para qualquer homem. Um cara se aproxima demais, ele leva uma alfinetada.

– Alfinetada?

– Ela guarda um alfinete de chapéu no avental.

Se um sujeito faminto fica faminto demais, ela o acerta onde dói mais.

Turley riu com desdém.

— É só isso?

— Não — disse Harriet. — Não é só isso. O alfinete de chapéu é só o começo. Logo o sujeito está levando uma surra do leão-de-chácara. O leão-de-chácara é a principal defesa dela.

— Quem é o leão-de-chácara?

Harriet apontou na direção do bar.

Turley olhou através das nuvens de fumaça de cigarro.

— Ei, espere aí. Eu já vi uma foto em algum lugar. Nos jornais...

— Deve ter sido nas páginas de esportes. — A voz de Harriet tinha assumido um tom rouco estranho. — Ele foi chamado de o Esmagador de Harleyville.

— Isso mesmo — disse Turley. — O Esmagador. Eu me lembro. Claro, agora eu lembro.

Harriet olhou para Turley e disse:

— Lembra mesmo?

— Claro — disse Turley. — Sempre fui fã de luta livre. Nunca tive grana para assistir a uma luta, mas acompanho nos jornais. — Ele olhou novamente para o bar. — É ele mesmo. O Esmagador de Harleyville.

— E não tinha fingimento quando ele esmagava os caras — disse Harriet. — Você conhece o negócio, sabe o que um abraço dele pode fazer. Estou falando de um golpe de verdade. Quando ele agarrava um adversário com seu abraço de urso, era o fim dele. — E acrescentou com respeito. — Ele ainda não perdeu a mão.

Turley riu outra vez com desdém. Olhou do leão-de-chácara para a garçonete e outra vez para o leão-de-chácara.

– Aquele traste barrigudo?
– Ele ainda não perdeu a mão. É uma máquina de esmagar.
– Ele não consegue esmagar nem o meu dedinho – disse Turley. – Eu acertava uma esquerda curta naquela pança e ele ia gritar pedindo ajuda. Afinal, ele já era. Está acabado...

Turley estava vagamente consciente de que não estava mais sendo ouvido. Virou-se e, quando olhou, Harriet não estava lá. Estava andando na direção das escadas próximas ao bar. Ela começou a subir os degraus bem devagar, a cabeça baixa.

– O que aconteceu com ela? – Turley perguntou a Eddie. – Está com dor de cabeça?

Eddie não estava olhando direto para o piano. Observava enquanto Harriet subia as escadas. Então voltou toda a sua atenção para o teclado e tocou algumas notas preguiçosamente. Sua voz surgiu suave por entre a música.

– Acho que você pode chamar de dor de cabeça. Ela tem um problema com o leão-de-chácara. Ele está muito caído pela garçonete...

– Eu também – resmungou Turley.

Eddie seguiu tocando as notas, fazendo alguns acordes, criando uma melodia.

– Mas o leão-de-chácara está muito caído, mesmo. E Harriet sabe.

– E daí? – Turley fez uma careta estranha. – O que o leão-de-chácara significa para ela?

– Eles moram juntos – disse Eddie. – Não são casados legalmente, mas ele é o marido dela.

Então Turley vacilou outra vez e caiu para a frente, acertando em Eddie, tentando apoiar-se nele. Eddie continuou a tocar o piano. Turley o soltou e sentou-se outra vez na cadeira. Estava esperando que Eddie se virasse e olhasse para ele. Finalmente Eddie parou de tocar e olhou. Viu o sorriso no rosto de Turley. Outra vez aquele sorriso idiota e de olhos vidrados.

– Quer uma bebida? – perguntou Eddie. – Talvez uma bebida faça bem a você.

– Não preciso de bebida nenhuma. – Turley balançava de um lado para o outro. – Vou dizer o que eu preciso. Preciso de informação. Quero me informar sobre umas coisas. Você quer me ajudar?

– Ajudar com o quê? – murmurou Eddie. – O que você quer saber?

Turley fechou bem os olhos. Abriu-os, fechou-os, tornou a abri-los. Viu Eddie sentado ali e disse:

– O que você está fazendo aqui?

Eddie deu de ombros.

Turley tinha sua própria resposta.

– Vou dizer o que você está fazendo. Está desperdiçando...

– Tudo bem – disse Eddie com gentileza. – Tudo bem...

– Não está tudo bem – disse Turley, e então as frases desconexas jorraram do cérebro confuso. – Sentado, vestido em farrapos, aí nesse piano de segunda mão. Na verdade devia estar vestindo um terno completo. Com uma dessas gravatas desses caras bem finos. E devia ser um piano de cauda, um piano de cauda reluzente, um desses Steinbergs, droga, em uma sala de concertos com todos os lugares lotados. É lá que você deveria estar, e eu queria saber... por que não está lá?

– Você precisa mesmo de um trago, Turl. Já passou dos limites.

– Não fique avaliando a minha situação, Eddie. Olhe para você. Por que não está tocando em um teatro importante?

Eddie deu de ombros e não se incomodou com aquilo.

Mas Turley bateu as mãos contra os joelhos dele.

– Por que não está num lugar desses?

– Porque estou aqui – disse Eddie. – Não posso estar em dois lugares ao mesmo tempo.

Ele não se fez compreender.

– Não faz sentido – tagarelou Turley. – Não faz nenhum sentido. Uma mulher dessas, de arrasar, que não tem namorado. Um pianista dos melhores que não ganha o suficiente para comprar sapatos novos.

Eddie riu.

– Não é engraçado – disse Turley. – As coisas estão todas erradas. – Ele falou para uma terceira pessoa invisível, apontando um dedo para o músico de rosto plácido. – Esta semana ele está sentado ao piano nessa espelunca velha e suja, que devia ser interditada pelos bombeiros ou pela saúde pública. Olhe para o chão, eles ainda usam serragem na droga do chão... – Ele levou as mãos à boca e gritou entre elas: – Pelo menos compre cadeiras novas, pelo amor de Deus... – Então, referiu-se outra vez ao músico de olhos suaves. – Ele fica sentado aqui, noite após noite. Fica aqui sentado, se acabando nesse time vagabundo, quando devia estar brilhando entre os grandes, bem no alto, porque ele tem o que é preciso, tem em seus dedos. É um astro, estou dizendo. O maior de todos os astros...

– Calma, Turl...

Turley estava realmente sentindo aquilo. Ele se levantou e gritou outra vez:

– Devia ser um piano de cauda grande, com um candelabro em cima como aquele outro cara tem. Onde é que estão as velas? O que está acontecendo aqui? Vocês são sovinas mesmo? Não podem comprar as velas?

– Ah, cala a boca – sugeriu um bebedor de cerveja que estava perto.

Turley não escutou o chato. Continuou a gritar, as lágrimas escorrendo por seu rosto de feições duras. Os cortes na sua boca tinham-se aberto outra vez e o sangue escorria pelos lábios.

– E em algum lugar tem alguma coisa errada – proclamou para a platéia que não tinha idéia de quem ele era ou do que estava falando. – Todo mundo sabe que dois e dois são quatro, mas na verdade a soma dá menos três. Não está certo e exige algum tipo de providência...

– Você quer que alguém tome alguma providência? – perguntou uma voz educadamente.

Era a voz do leão-de-chácara, que antigamente era conhecido como o Esmagador de Harleyville, e conhecido no Hut por seu nome verdadeiro, Wally Plyne, apesar de alguns admiradores ainda insistirem em chamá-lo de Esmagador. Ele estava ali de pé, um metro e oitenta e mais de cem quilos. Tinha pouco cabelo, e o que restava estava cortado curto, à escovinha. A orelha esquerda era um tanto disforme, e o nariz, quebrado várias vezes, era um desastre tão grande que parecia que não havia nariz. Era mais uma bolha de massa amassada e grudada no rosto marcado. Havia considerável trabalho de prótese na boca de Plyne, e uma cicatriz malcosturada descia de sua face na direção da clavícula, marca óbvia de uma operação feita por algum estudante de medicina. Plyne não gostava da cicatriz. Usava o colarinho abotoado para esconder o máximo possível. Era muito sensível em relação ao seu rosto surrado, e quando alguém olhava para ele muito de perto, ficava tenso, seu pescoço inchava e ficava vermelho. Os olhos imploravam que o observador não risse. Algumas vezes, quando alguns observadores ignoraram o apelo, acordaram com costelas quebradas e muitos ferimentos internos. A primeira regra de sobrevivência no Harriet's Hut era nunca rir do leão-de-chácara.

O leão-de-chácara tinha 43 anos de idade.

Ele estava ali de pé olhando para Turley. Esperava uma resposta. Turley ergueu o olhar para ele e disse:

– Por que você está me interrompendo? Não vê que estou falando?

– Está falando alto demais – disse Plyne. O tom de sua voz ainda era calmo e educado, quase simpático. Estava olhando para as lágrimas que escorriam pelo rosto de Turley.

– Se eu não falar alto, eles não vão me ouvir – disse Turley.– Eu quero que me escutem.

– Eles têm mais o que fazer – disse Plyne com paciência. – Estão bebendo e não querem ser perturbados.

– É isso que está errado – soluçou Turley. – Ninguém quer ser perturbado.

Plyne respirou fundo e disse para Turley:

– Olha aqui, você pode ir lá e acertar quem quer que tenha feito isso com a sua cara. Mas não aqui. Esse é um estabelecimento comercial tranqüilo...

– O que você está querendo me dizer? – Turley piscou para afastar as lágrimas, sua voz mudando para um grunhido. – Quem pediu para você sentir pena da droga da minha cara? É a minha cara. Os galos são meus, os cortes são meus. É melhor você se preocupar com a sua cara.

– Me preocupar? – Plyne estava avaliando com cuidado a observação. – O que você quer dizer com isso?

Os olhos e os lábios de Turley começaram a sorrir, a boca iniciou uma resposta. Antes que o sorriso se abrisse, antes que as palavras saíssem, Eddie entrou na jogada e disse a Plyne:

– Ele não quis dizer nada, Wally. Não dá para ver que ele está mal?

– Fique fora disso – disse Plyne sem olhar para Eddie. Estava estudando o rosto de Turley, esperando que o sorriso sumisse.

O sorriso permaneceu. Nas mesas próximas havia um silêncio de expectativa. O silêncio espalhou-se para as outras mesas, então para todas as mesas, então para todo o bar lotado. Todos estavam olhando para o sujeito grande ali de pé sorrindo para Plyne.

– Pare com isso – disse Plyne para Turley. – É melhor tirar esse sorriso da cara.

Turley sorriu ainda mais.

Plyne respirou fundo outra vez. Algo tomou seu olhar, uma espécie de brilho estúpido. Eddie viu e percebeu o que aquilo significava. Ele tinha se levantado do banco do piano e dizia para Plyne:

– Não, Wally. Ele está doente.

– Quem está doente? – desafiou Turley. – Estou em plena forma. Estou pronto para...

– Está pronto para um exame de cérebro – disse Eddie para Plyne, diante de uma platéia que observava com atenção. – Ele bateu de cara em um poste. Olhem para esse galo. Se não quebrou de vez, pelo menos rachou esse crânio.

– Melhor chamar uma ambulância – disse alguém.

– Olhe, ele está sangrando pela boca – acrescentou outra voz. – Será que arrebentaram a cabeça dele por dentro?

Plyne piscou algumas vezes. O brilho esvaneceu-se de seus olhos.

Turley não parou de sorrir. Mas agora o sorriso não era para Plyne ou qualquer pessoa ou coisa. Era mais uma vez aquele sorriso idiota.

Plyne olhou para Eddie.
– Você o conhece?
Eddie deu de ombros:
– Mais ou menos.
– Quem é ele?
Outro dar de ombros:
– Vou levá-lo para fora. Acho que ele precisa tomar um pouco de ar...

Os dedos grossos de Plyne prenderam a manga de Eddie.
– Eu fiz uma pergunta. Quem é ele?
– Você ouviu o que ele disse? – era Turley outra vez, saindo do transe enevoado do cérebro danificado. – O cara está fazendo uma pergunta. Acho que ele tem razão.
– Então você me diz agora – disse Plyne para Turley. Ele se aproximou, olhando dentro dos olhos vidrados. – Talvez você não precise de uma ambulância, afinal de contas. Talvez você não esteja assim tão machucado. Você sabe quem é?
– Irmão.
– Irmão de quem?
– Dele. – Turley apontou para Eddie.
– Não sabia que ele tinha um irmão – disse Plyne.
– Olha, as coisas são assim – disse Turley para todas as mesas próximas. – A gente aprende uma coisa nova todo dia.
– Eu estou disposto a aprender – disse Plyne. Então, como se Eddie não estivesse ali, continuou: – Ele nunca fala de si mesmo. Tem muitas coisas sobre ele que eu não sei.
– Não? – Turley estava com aquele sorriso outra vez. – Há quanto tempo ele trabalha aqui?
– Três anos.

– É muito tempo – disse Turley. – Você, agora, já devia conhecê-lo bem.

– Ninguém consegue conhecê-lo bem. A única coisa que a gente sabe é que ele toca piano.

– Você paga um salário para ele?

– Claro que a gente paga um salário.

– Para fazer o quê?

– Tocar piano.

– E o que mais?

– Só isso – disse Plyne. – A gente paga para ele tocar piano, só isso.

– Você está dizendo que não paga um salário para ele falar dele mesmo?

Plyne contraiu os lábios. Não respondeu.

Turley aproximou-se.

– Você quer tudo de graça, não é? Mas você não vai conseguir nada de graça. Se você quiser saber sobre uma pessoa, isso tem um preço. E quanto mais você souber, mais caro vai ser. É como cavar um poço, quanto mais fundo você cava, mais dinheiro gasta. E, às vezes, é muito mais do que você pode pagar.

– O que você está querendo?

Plyne, agora, estava ficando chateado. Ele virou a cabeça para olhar para o pianista. Viu o sorriso despreocupado e isso o incomodou, fez seu semblante se fechar. Foi apenas um instante, então ele olhou novamente para Turley. Livrou-se da expressão fechada e disse:

– Tudo bem, não importa. Esse papo não significa nada. É só conversa, e você levou uma surra, e como tenho mais o que fazer, não posso ficar aqui perdendo tempo com você.

O leão-de-chácara se afastou. A platéia no bar e nas mesas voltou a beber. Turley e Eddie agora estavam sentados. Eddie encarava o teclado. Tocou alguns poucos acordes e começou uma música. Uma canção suave e doce, e os sons sonhadores trouxeram um sorriso sonhador para os lábios de Turley.

– Legal, isso – murmurou Turley –, bem legal.

A música continuou, e Turley balançou a cabeça devagar, sem perceber que a balançava. Quando sua cabeça se ergueu e estava prestes a cair outra vez, ele viu a porta da frente se abrir.

Dois homens entraram.

Capítulo dois

– São eles – disse Turley.
Eddie não parou de tocar a música.
– São eles mesmo – disse Turley, conclusivo.
A porta fechou-se atrás dos dois homens e eles ficaram ali de pé, as cabeças se movendo lentamente, procurando, indo das mesas lotadas ao bar lotado, voltando às mesas e indo outra vez até o bar, procurando por toda parte.
Então eles avistaram Turley. E foram na direção dele.
– Lá vêm eles – disse Turley, ainda conclusivo. – Veja só.
Os olhos de Eddie permaneceram no teclado. Estava com a mente nas teclas. A música quente e suave fluía e dizia para Turley: é problema seu, só seu, me deixe fora disso.
Os dois homens se aproximaram. Eles andavam devagar. As mesas estavam muito perto umas das outras, bloqueando a passagem. Os dois tentaram se apressar, forçando a passagem.
– Lá vêm eles – disse Turley. – Agora eles estão mesmo chegando.
Não olhe, disse Eddie para si mesmo. Se der só uma olhada, vai ser o suficiente, estará envolvido. Você não quer isso, está aqui só para tocar piano, ponto final. Mas o que é isso? O que está acontecendo? Agora a música parou, seus dedos deixaram as teclas.

Ele virou a cabeça, olhou e viu os dois homens se aproximarem mais.

Eles estavam bem vestidos. O da frente era baixo e muito magro, vestia um chapéu de feltro cinza-perolado, uma echarpe de seda branca e um sobretudo azul-escuro abotoado na frente. O homem atrás dele era magro também, mas muito mais alto. Usava um chapéu cinza mais escuro, uma echarpe de listras pretas e prateadas, e um sobretudo cinza-escuro de seis botões.

Os dois tinham chegado na metade do salão. Agora havia mais espaço entre as mesas. Estavam andando mais rápido.

Eddie empurrou os dedos endurecidos contra as costelas de Turley.

– Não fique sentado aí, levante e vá.

– Para onde? – e lá está, outra vez, aquele sorriso idiota.

– A porta lateral – sussurrou Eddie para ele e cutucou-o outra vez com os dedos, dessa vez com mais força.

– Ei, pare com isso – disse Turley. – Está machucando.

– Está mesmo? – outro golpe machucou-o de verdade. Tirou o sorriso do rosto de Turley e seu traseiro da cadeira. Turley começou a usar as pernas, passou pela pirâmide de caixas de cerveja empilhadas, caminhando cada vez mais rápido e finalmente correndo na direção da porta lateral.

Os dois homens cortaram caminho e seguiram em diagonal, afastando-se das mesas. Agora estavam correndo, se apressando para interceptar Turley. Parecia que iam conseguir.

Então Eddie levantou-se do banco do piano e olhou para Turley, que se dirigia para a porta lateral, que estava ainda a uns cinco metros de distância. Os dois homens estavam se aproximando de Turley. Tinham tomado a passagem em diagonal e agora corriam em paralelo à pirâmide de caixas de cerveja. Eddie deu uma corrida rápida até a pilha alta de caixas de papelão cheias de garrafas. Empurrou a pilha com o ombro e uma caixa caiu, depois outra, e mais caixas. Aquilo provocou um engarrafamento quando os dois homens colidiram com os engradados de cerveja que caíam, tropeçaram nas caixas de papelão, caíram e se levantaram e tornaram a cair. Enquanto isso acontecia, Turley abriu a porta lateral e saiu correndo.

Umas nove caixas de cerveja tinham caído da pilha em forma de pirâmide e várias garrafas tinham caído no chão e quebrado. Os dois homens estavam com dificuldades para passar pela barreira de caixas de papelão e garrafas quebradas. Um deles, o menor, estava virando a cabeça para tentar descobrir que engraçadinho tinha provocado aquele fiasco. Viu Eddie de pé ali, perto da pirâmide parcialmente destruída. Eddie deu de ombros e ergueu os braços em um gesto tolo, como se dissesse: foi um acidente, eu esbarrei sem querer, só isso. O homem baixo e magro nada falou. Não havia tempo para observações.

Eddie voltou para o piano. Sentou e começou a tocar. Emitiu alguns acordes suaves, o sorriso distante e bondoso surgindo em seus lábios enquanto os dois homens bem vestidos finalmente conseguiam chegar à porta lateral. Acima do som suave da música, ouviu o barulho alto da porta batendo atrás deles.

Ele continuou a tocar. Nenhuma nota fora de lugar, nenhuma quebra de ritmo, mas estava pensando em Turley, vendo os dois homens atrás dele pelas ruas muito escuras, no silêncio muito frio lá de fora, que podia ser quebrado a qualquer momento pelo som de um tiro.

Mas acho que não, disse para si mesmo. Eles não tinham o ar de quem estava caçando para conseguir comida. Era mais um ar de negociação, como se tudo o que quisessem fosse sentar com Turley para resolver alguns negócios.

Que tipo de negócio? Bem, você, sem dúvida, sabe que tipo. Algo sujo. Ele disse que era uma transação de Clifton, e isso coloca tudo no lado sujo, com Turley agindo por Clifton, como sempre fez. Então, seja lá o que for, eles estão encrencados outra vez, seus dois irmãos queridos. Um talento de primeira que eles têm para se meter em encrencas, sair delas e tornar a voltar. Você acha que, dessa vez, eles vão conseguir se safar? Bem, esperamos que sim. Realmente esperamos que sim. Desejamos sorte a eles, e chega. Então, agora, o que você tem a fazer é sair desse barco. Não é problema seu e você nada tem a ver com isso.

Uma sombra projetou-se sobre o teclado do piano. Ele fingiu não vê-la, mas ela estava lá e lá ficou. Ele virou a cabeça para o lado e viu as pernas grossas, o torso em forma de barril e o rosto de nariz amassado do leão-de-chácara.

Ele continuou a tocar.

– Que beleza – disse Plyne.

Eddie agradeceu com um aceno de cabeça.

– É mesmo uma beleza – disse Plyne –, mas não é bonito o suficiente. Não quero mais ouvir.

Eddie parou de tocar. Deixou os braços caírem próximos a seu corpo e ficou ali sentado, esperando.

– Me conte uma coisa – disse o leão-de-chácara. – O que está acontecendo com você?

Eddie deu de ombros.

Plyne respirou fundo.

– Droga – disse para ninguém em especial. –

Conheço esse cara há três anos e agora vejo que quase não o conheço.

O sorriso bondoso de Eddie dirigia-se ao teclado. Ele tocou algumas notas despreocupadas nas oitavas intermediárias.

As maneiras do leão-de-chácara mudaram. Sua voz endureceu.

– Já disse para parar de tocar.

A música parou. Eddie continuou a olhar para as teclas e disse:

– O que foi, Wally? Qual o problema?

– Quer mesmo saber? – disse Plyne devagar, como se tivesse acertado uma. – Tudo bem, dê uma olhada. – Estendeu o braço, o indicador rígido apontava para o chão sujo, as caixas de papelão viradas, as garrafas, os vidros quebrados e a cerveja derramada fazendo espuma sobre a madeira do piso.

Eddie deu de ombros outra vez.

– Eu limpo – disse, e começou a se levantar do banco do piano. Plyne o empurrou de volta para o lugar.

– Conte para mim – disse Plyne, e apontou outra vez para o chão sujo de cerveja. – O que está acontecendo?

– Acontecendo? – O pianista parecia surpreso. – Não está acontecendo nada. Foi um acidente. Não vi onde estava indo e esbarrei na...

Mas não adiantava continuar. O leão-de-chácara não estava convencido.

– Quer apostar? – perguntou calmamente o leão-de-chácara. – Quer apostar que não foi acidente?

Eddie não respondeu.

– Você não quer me contar, então eu conto para você – disse Plyne. – Uma jogada de equipe, isso é o que foi.

— Pode ser — Eddie ergueu levemente os ombros. — Posso ter feito isso sem pensar. Quero dizer, meio que inconscientemente. Não estou bem certo...

— Não está mesmo muito certo. — Plyne exibiu um sorriso largo e tolo que se abriu gradualmente. — Você fez isso como se tivesse planejado no papel. O tempo foi perfeito.

Eddie piscou várias vezes. Disse a si mesmo para parar. Disse a si mesmo: tem alguma coisa acontecendo aqui e é melhor você descobrir o que é antes que as coisas piorem.

Mas não havia como descobrir. O leão-de-chácara estava dizendo:

— É a primeira vez que eu vejo você aprontar alguma coisa desse tipo. Em todos os anos que você esteve aqui, nunca se meteu com nada, nem uma vez. Não importa qual fosse a questão, não importa quem estivesse envolvido. Então por que você se meteu esta noite?

Outro dar de ombros leve, e as palavras saíram suavemente:

— Eu posso ter achado que ele precisava de alguma ajuda, como eu disse, não estou bem certo. Ou, por outro lado, você vê alguém encrencado, se lembra de que é um parente próximo... não sei, alguma coisa por aí.

O rosto de Plyne contorceu-se em uma espécie de sorriso desgostoso, como se soubesse que não havia razão para ir mais fundo. Ele virou-se e começou a se afastar do piano.

Então algo o deteve e o fez virar e voltar. Ele apoiou-se no piano. Ficou alguns instantes em silêncio, apenas escutando a música, o cenho um pouco franzido em uma expressão levemente pensativa. Então, de um jeito bem despreocupado, moveu a mão pesada e tirou os dedos de Eddie das teclas.

Eddie ergueu o olhar e esperou.

— Explique mais sobre esse negócio — disse o leão-de-chácara.

— O quê?

— Os dois homens que você atrapalhou com as caixas de cerveja. Qual é a deles?

— Não sei — disse Eddie.

— Você não sabe por que estavam atrás dele?

— Não tenho a menor idéia.

— Ah, vamos lá.

— Não posso contar, Wally. Eu não sei nada mesmo.

— Você espera que eu acredite nisso?

Eddie deu de ombros e não respondeu.

— Está bem — disse Plyne. — Vamos tentar por outro ângulo. Esse seu irmão. Qual é a dele?

— Também não sei. Não o via há anos. Na última vez que soube dele, estava trabalhando na Dock Street.

— Fazendo o quê?

— Estivador.

— Você não sabe o que ele está fazendo agora?

— Se soubesse, contava para você.

— Claro que contava. — Plyne estava dobrando os braços erguidos sobre o peito. — Cospe. É melhor cuspir tudo de uma vez.

Eddie deu um sorriso amistoso para o leão-de-chácara.

— O que significa todo esse papo de advogado? — E então, com o sorriso se abrindo, continuou: — Você está freqüentando a faculdade de Direito, Wally? Está praticando comigo?

— Não é isso — disse Plyne. Ele deteve-se por um instante. — Só quero ter certeza, só isso. Quero dizer, eu sou o gerente-geral disso aqui. Se acontecer alguma coisa no Hut, eu sou um pouco responsável. Você sabe disso.

Eddie balançou a cabeça, as sobrancelhas levantadas.
– Faz sentido.
– Claro que faz. – O leão-de-chácara marcou a vantagem que tinha. – Preciso ter certeza de que esse lugar não perca seu alvará. É um negócio honesto. Se depender de mim, vai continuar assim.
– Você está absolutamente certo – disse Eddie.
– Ainda bem que você sabe disso – os olhos de Plyne estavam semicerrados outra vez. – Outra coisa que é melhor você saber: sou mais inteligente do que você pensa. Não sei tocar música, escrever poemas ou qualquer coisa assim, mas sei juntar as coisas. Como esse seu irmão e aqueles dois sujeitos que estavam atrás dele para algo mais que um papo amistoso.
– Faz sentido – disse Eddie.
– Faz todo o sentido. – Plyne aprovou seu raciocínio. – E vai fazer ainda mais. Vou explicar direitinho a você. Ele pode ter sido estivador, mas parece que mudou de emprego. Agora está atrás de uma renda mais alta. Seja lá qual for o trabalho dele, tem muita grana na jogada...
Eddie estava intrigado. Dizia para si mesmo, quanto mais burro você parecer, melhor.
– Os dois sujeitos – dizia o leão-de-chácara – não eram café pequeno. Vi pelo jeito que estavam vestidos. Aqueles sobretudos são feitos à mão. Sei reconhecer a qualidade quando vejo. Então vamos começar daí, e vamos usar setas...
– Usar o quê?
– Setas – disse Plyne, enquanto seus dedos traçavam uma seta no lado do piano. – Deles para seu irmão. De seu irmão para você.
– Eu? – Eddie sorriu de leve. – Agora você está tirando uma conclusão errada. Está exagerando as coisas.

– Mas não demais – disse Plyne. – Porque é mais que possível. Porque não há nada de errado com meus olhos. Vi seu irmão sentado aqui e jogando aquele papo de vendedor em você. Como se quisesse que você entrasse na jogada, seja lá qual for...

Eddie estava rindo outra vez.

– Qual é a graça? – perguntou Plyne.

Eddie continuou a rir. Não era um riso alto, mas era verdadeiro. Estava tentando segurar, mas não conseguia.

– Sou eu? – Plyne falou baixinho. – Você está rindo de mim?

– De mim mesmo – conseguiu dizer Eddie em meio à risada. – Estou vendo todo o quadro dessa armação. A grande jogada, e eu o homem-chave, essa última seta apontando para mim. Você deve estar brincando, Wally. Dê uma olhada e veja por si mesmo. Veja seu homem-chave.

Plyne olhou e viu o músico de trinta dólares por semana que estava sentado ali naquele piano surrado, um ninguém de olhos e boca suaves cujas ambições e objetivos tendiam a zero, que trabalhava ali havia três anos sem pedir ou sequer sugerir que queria um aumento. Que nunca reclamava quando as gorjetas eram poucas, ou de qualquer coisa, na verdade, nem mesmo quando o mandavam ajudar com as mesas e cadeiras na hora de fechar, varrer o chão, tirar o lixo.

Os olhos de Plyne fixaram-se nele e o examinaram. Três anos e, além da música que tocava, sua presença no Hut nada significava. Era quase como se ele não estivesse ali e o piano tocasse sozinho. Independente do que estivesse acontecendo nas mesas ou no bar, o homem do piano sempre ficava de fora, não era nem mesmo um observador. Ficava de costas e mantinha os olhos nas teclas, satisfeito com seu salário e suas roupas miseráveis.

Um grande covarde, concluiu Plyne, fascinado com aquele exemplo vivo de neutralidade absoluta. Até o sorriso era algo neutro. Nunca se dirigia a uma mulher. Sempre dirigia-se a um lugar distante, além dos alvos tangíveis, lá longe, para fora do estádio. Então aonde aquilo o levava? perguntou Plyne a si mesmo. E claro que não houve resposta, nem mesmo a menor pista.

Mas mesmo assim, ele fez um último esforço. Olhou com firmeza para o pianista e disse:

– Me diga uma coisa. De onde você vem?

– Eu nasci – disse Eddie.

O leão-de-chácara pensou naquilo por alguns instantes. Então disse:

– Obrigado pela dica. Eu achava que você tinha vindo de uma nuvem.

Eddie deu um sorriso simpático. Plyne estava se afastando, na direção do bar. Lá, a garçonete de cabelos escuros estava arrumando copos de aguardente em uma bandeja. Plyne aproximou-se dela, hesitou, então aproximou-se um pouco mais e disse algo para ela. Ela não respondeu. Nem mesmo olhou para ele. Pegou a bandeja e dirigiu-se para uma das mesas. Plyne estava imóvel, olhando para ela, a boca apertada, os dentes apertados por trás dos lábios.

Uma música suave veio flutuando do piano.

Capítulo três

Vinte minutos se passaram e o último cliente tinha saído. O *barman* estava limpando os últimos copos e o leão-de-chácara tinha ido deitar lá em cima. A garçonete estava com seu sobretudo e acendia um cigarro apoiada contra a parede enquanto observava Eddie, que estava varrendo o chão.

Ele terminou de varrer, esvaziou a pá de lixo, guardou a vassoura e pegou seu sobretudo no cabide perto do piano. Era um sobretudo muito velho. A gola estava rasgada e faltavam dois botões. Ele não tinha um chapéu.

A garçonete observou-o caminhar até a porta da frente. Ele virou a cabeça para sorrir para o *barman* e dizer boa noite. E, então, disse para a garçonete:

— Até logo, Lena.

— Espere — disse ela, dirigindo-se a ele quando abriu a porta.

Ele ficou parado com um sorriso um tanto curioso. Nos quatro meses em que ela estava trabalhando ali, eles nunca haviam trocado mais que um alô amistoso ou um boa-noite. Nunca muito mais que isso.

Agora ela estava dizendo:

— Você podia me emprestar 75 centavos?

— Claro — sem hesitar, ele enfiou a mão no bolso das calças. Mas o olhar curioso persistia. Ficou ainda um pouco mais forte.

— Estou meio dura esta noite — explicou a garçonete. — Amanhã, quando a Harriet me pagar, eu devolvo pra você.

– Não precisa se apressar – disse ele, dando a ela duas moedas de 25 centavos, duas de dez e uma de cinco.

– É para comer – seguiu explicando Lena, enquanto guardava as moedas na bolsa. – Achei que Harriet fosse preparar algo para mim, mas ela foi para a cama cedo e eu não quis incomodar.

– É, vi quando ela subiu – disse Eddie. Ele fez uma pausa. – Devia estar cansada.

– Ela trabalha muito – disse Lena. Deu um último trago no cigarro e o jogou em uma escarradeira. – Eu me pergunto como ela consegue. Aquele peso todo. Ela deve ter mais de cem quilos.

– Muito mais – disse Eddie. – Mas ela fica bem. É muito sólida.

– Sólida demais. Se perdesse um pouco, ia se sentir melhor.

– Ela se sente bem.

Lena deu de ombros. Não falou nada.

Eddie abriu a porta e se afastou. Ela saiu e ele seguiu atrás dela. Ela começou a andar pela calçada e ele disse:

– Até amanhã.

E ela parou, virou-se e o encarou.

– Acho que 75 centavos é mais do que eu preciso. Meio dólar é suficiente – e começou a abrir a bolsa.

– Não, tudo bem – disse ele.

Mas ela aproximou-se, estendendo a moeda de 25 e dizendo:

– Consigo um prato por quarenta no John's. Preciso só de mais dez para o café.

Ele recusou a moeda com um aceno.

– Você pode querer uma fatia de torta, algo assim.

Ela aproximou-se.

– Vamos lá, pegue – e empurrou a moeda na direção dele.

Ele sorriu.

– Altas finanças.

– Por favor, pegue.

– Não preciso. Não vou passar fome.

– Tem certeza que pode emprestar? – a cabeça dela estava inclinada e os olhos avaliavam o rosto dele.

Ele continuou a sorrir.

– Não se preocupe. Não vai fazer falta.

– Está bem. – Ela continuou a avaliar seu rosto. – Sei que quando sua grana fica curta, é só você pegar o telefone e ligar para seu corretor. Quem é seu corretor?

– Uma empresa grande em Wall Street. Vôo para Nova York duas vezes por semana. Só para me reunir com a diretoria.

– Quando foi a última vez que você comeu?

Ele deu de ombros.

– Comi um sanduíche.

– Quando?

– Não sei. Acho que por volta de umas quatro e meia.

– Não comeu nada depois? – Então, sem esperar uma resposta, disse: – Vamos, me acompanhe até o John's. Você come alguma coisa também.

– Mas...

– Vamos lá, está bem? – Ela tomou seu braço e o arrastou. – Se quiser viver, precisa comer.

Ele percebeu que estava mesmo com fome e que um prato de sopa e um prato quente cairiam bem. O vento frio e úmido estava atravessando seu casaco fino e o cortava. A idéia de comida quente era agradável. Então outro pensamento lhe ocorreu e ele estremeceu um pouco. Tinha apenas doze centavos no bolso.

Ele deu de ombros e continuou andando com Lena. Resolveu que ficaria só em uma xícara de café.

Pelo menos o café o esquentaria. Mas você precisa comer alguma coisa, disse para si mesmo. Por que não comeu esta noite? Sempre belisca algo no balcão de comida no Hut por volta de meia-noite e meia. Mas esta noite, não. Você não comeu nada esta noite. Como foi esquecer de encher a barriga? Então ele se lembrou. O negócio com Turley, disse para si mesmo. Você estava ocupado com Turley e se esqueceu de comer.

Eu me perguntei se Turley teria ou não conseguido. Se ele tinha escapado. Ele sabe andar por aí e sabe cuidar de si mesmo. É, acho que ele tem grandes chances de ter conseguido. Você acha mesmo? Ele estava machucado, sabia? Ele não estava em condições de brincar de esconde-esconde por aí. Então, o que você vai fazer? Não há o que fazer. É melhor esquecer.

E mais uma coisa. O que está acontecendo com essa garçonete aqui? O que a está incomodando? Você sabe que alguma coisa a está incomodando. Percebeu a dica quando ela falou sobre Harriet. Ela deixou tudo claro. Bem, é óbvio, só pode ser isso. Ela está preocupada com Harriet e o leão-de-chácara, com seus problemas domésticos, porque o leão-de-chácara, ultimamente, estava de olho em outra pessoa, nessa garçonete aqui. Bem, não é culpa dela. A única coisa que ela oferece a Plyne é um olhar frio sempre que ele tenta algo. Então deixe que ele continue tentando. Qual o problema? Ei, quer me fazer um favor? Sai do meu pé. Não enche.

Mas então uma idéia estranha surgiu em seu cérebro, uma noção simples e tola. Ele não entendia por que estava ali. Estava se perguntando a altura dela, se era mais alta que ele. Tentou livrar-se do pensamento, mas ele ficou lá. Aquilo o incomodava, e acabou fazendo-o virar a cabeça para olhar para ela.

Ele precisava olhar um pouco para baixo. Era alguns centímetros mais alto que a garçonete. Calculou que ela devia ter pouco menos de um metro e setenta, com saltos baixos. E daí?, perguntou a si mesmo, mas continuou a olhar enquanto atravessavam uma rua estreita e passavam sob a luz de um poste. O casaco que ela usava estava bem justo e destacava os contornos de seu corpo. Tinha a cintura alta, o que, com sua magreza e jeito especial de andar, fazia com que parecesse mais alta. Acho que é isso, pensou ele. Estava curioso, só isso.

Mas ele continuou a olhar. Não sabia por que olhava. O brilho das luzes da rua espalhou-se e iluminou o rosto dela, deixando-o ver traços fortes que não faziam dela uma capa de revista ou modelo de anúncios de produtos de beleza, não tinha esse tipo de rosto. Exceto pela pele. A pele era branca e tinha o tipo de textura prometida nos anúncios de cosméticos, mas não era resultado de produtos de beleza. Vinha de dentro, e ele pensou, provavelmente ela tem um bom estômago, um bom conjunto de glândulas, algo por aí. Não há nada fraco nessa aqui. Nem nariz, boca ou face frágil, mas ainda assim é muito feminina, mais feminina que aquele tipo bonitinha-frágil que parece mais um bibelô que uma garota. E no fim das contas, eu diria que essa aqui ganha de todas elas. Não é de espantar que o leão-de-chácara tenha feito uma investida. Não espanta que todos os fregueses do bar sempre olhem duas vezes quando ela passa. E, apesar disso, ela não está interessada em coisa alguma que use calças.

É como se ela tivesse superado isso. Talvez algo tivesse acontecido e a feito dizer: chega, acabou. Mas agora você está tentando adivinhar. Como pode adivinhar? Daqui a pouco, vai querer saber a idade dela. E, por acaso, quantos anos você acha que ela tem? Eu diria que cerca de 27. Vamos perguntar a ela? Se você fizer isso, ela vai perguntar por que quer saber. E você só vai poder dizer que estava curioso. Pare de pensar essas coisas. Parece até que está interessado. Você sabe que não está interessado.

Então, o que é? O que o levou a essa linha de raciocínio? Você devia sair dela. É como uma estrada com muitas curvas e, de repente, você não sabe onde está. Mas por que ela nunca tem muito a dizer? E quase nunca sorri?

Pensando nisso, ela está sempre séria. Mas, na verdade, não é triste. Só que é séria e solene, e apesar de você tê-la visto rir, ela ria de algo engraçado. Algo que era realmente cômico.

Agora ela estava rindo. Estava olhando para ele e rindo quietinha.

– O que foi? – perguntou ele.
– Parece Charlie Chaplin – disse ela.
– Com quem?
– O Charlie Chaplin. Nos filmes mudos que ele fazia. Quando algo o deixava confuso e ele não encontrava palavras, ficava com uma expressão boba. Você estava igualzinho.
– Estava?

Ela assentiu com a cabeça. Então parou de rir e disse:
– O que foi? O que está preocupando você?

Ele deu um pequeno sorriso.
– Se vamos ao John's, é melhor ir andando.

Ela nada falou. Eles continuaram a andar, viraram uma esquina e chegaram a uma calçada toda quebrada em uma rua de paralelepípedos.

Seguiram por mais uma quadra e na outra esquina havia uma estrutura retangular que uma vez fora um vagão e agora era um restaurante que ficava aberto a noite inteira. Algumas das janelas estavam rachadas, a pintura, toda descascada, e a porta de entrada pendia em dobradiças frouxas. Acima da porta um letreiro dizia: *A melhor comida em Port Richmond – John's*. Eles entraram, se dirigiram ao balcão e, por algum motivo, ela o afastou dali e o levou para um reservado. Quando sentaram, ele viu que ela olhava além dele, os olhos apontando para a outra extremidade do balcão. Seu rosto estava inexpressivo. Ele sabia quem estava lá. Também sabia por que ela o convencera a acompanhá-la quando eles saíram do Hut. Não queria que ele andasse sozinho. Tinha visto sua manobra com as caixas de cerveja quando os dois homens tentaram pegar Turley, e todo aquele papo sobre você precisa comer era apenas para que ele não ficasse sozinho na rua.

Muita consideração dela, pensou. Sorriu para esconder a inconveniência. Mas então aquilo o divertiu, e ele pensou: se ela quer brincar de babá, que brinque de babá.

Não havia muita gente no restaurante. Ele contou quatro naquela parte do balcão e dois casais em outros reservados. Atrás do balcão, o grego baixinho e atarracado chamado John estava quebrando ovos sobre a chapa. Então, com John, são nove. Nove testemunhas caso eles tentem alguma coisa. Acho que não vão fazer nada. Você deu uma boa olhada neles no Hut. Eles não pareciam burros. Agora, não vão tentar nada.

John serviu quatro ovos fritos para um gordo no balcão, saiu lá de trás e foi até o reservado. A garçonete pediu carne de porco com purê de batatas e disse que queria um pãozinho extra. Pediu uma xícara de café com creme. Ela disse:

– E você, o que vai querer? – Ele balançou a cabeça e ela insistiu. – Você sabe que está com fome. Peça alguma coisa.

Ele sacudiu a cabeça. John se afastou do reservado. Eles ficaram ali sentados, em silêncio. Ele cantarolou uma música e tamborilou de leve com os dedos na mesa. Então ela disse:

– Você me emprestou 75 centavos. Quanto sobrou?
– Na verdade, não estou com fome.
– Não deve ser muito. Diga, quanto você tem?
Ele levou a mão ao bolso das calças.
– Odeio trocar essa nota de cinqüenta.
– Escute aqui...
– Esqueça – interrompeu ele com educação. Então, apontou o polegar para trás. – Eles ainda estão lá?
– Quem?
– Você sabe quem.
Ela olhou além dele, além da lateral do reservado, os olhos conferindo a extremidade do balcão. Então olhou para ele e balançou a cabeça devagar.
– É minha culpa. Não usei a cabeça. Não pensei que eles pudessem estar aqui...
– O que eles estão fazendo agora? Ainda estão comendo?
– Terminaram. Estão só sentados ali. Fumando.
– Olhando?
– Não para nós. Estavam olhando para cá há um minuto. Não acho que tenha significado nada. Eles não podem ver você.
– Então acho que está tudo bem – disse ele, e sorriu.
Ela sorriu de volta para ele.
– Claro, nada para se preocupar. Mesmo se virem você, não vão fazer nada.
– Sei que não vão. – E então, com um sorriso mais largo – Você não vai deixar.
– Eu? – o sorriso dela desapareceu. Sua expressão se fechou um pouco. – O que eu posso fazer?

— Acho que pode fazer alguma coisa. — Então, bem-humorado: — Você pode segurá-los enquanto eu fujo.

— Isso é uma piada? Quem você acha que eu sou? Joana D'Arc?

— Bem, agora que você mencionou...

— Deixe eu falar uma coisa — interrompeu ela. — Não sei o que está acontecendo entre você e aqueles dois e não me importa. Seja lá o que for, não quero me meter. Está claro?

— Está — e então, com um leve movimento de ombros, completou —, se é assim que você quer.

— Eu falei que é, não falei?

— É, falou sim.

— O que isso quer dizer? — A cabeça dela estava inclinada e ela estava olhando para ele. — Acha que eu não estou falando sério?

Ele deu de ombros outra vez.

— Não acho nada. Você está discutindo sozinha.

John chegou com a bandeja, serviu o prato e o café, calculou o preço com os dedos e disse 65 centavos. Eddie pegou a moeda de dez e duas de um centavo no bolso e botou-as na mesa. Ela afastou as moedas e deixou na mesa os 75 centavos para John. Ele agradeceu, pegou as moedas e voltou para o balcão. Eddie inclinou-se sobre o café preto e fumegante, soprou para esfriá-lo e começou a beber. Não havia som do outro lado da mesa. Sentiu que ela não estava comendo, apenas o observava. Ele não olhou. Continuou bebendo o café. Estava muito quente e bebia devagar. Então ouviu o ruído do garfo dela, deu uma olhada e viu que ela comia depressa.

— Para que a pressa? — murmurou ele.

Ela não respondeu. O barulho de seu garfo e de sua faca prosseguiu e então parou de repente, e ela ergueu os olhos outra vez. Viu que olhava para longe da mesa, fitando outra vez a extremidade do balcão.

Ela fechou a cara e voltou a comer. Ele esperou alguns instantes e então murmurou:

– Achei que você tinha dito que não era problema seu.

Ela deixou passar. Continuou com a mesma expressão fechada.

– Eles estão sentados ali. Queria que se levantassem e fossem embora.

– Acho que eles vão ficar aqui para se esquentar. Aqui está quente e agradável.

– Está ficando quente demais – disse ela.

– Está? – Ele deu mais um gole no café. – Não estou sentindo.

– Não deve estar mesmo. – Ela deu outro olhar de soslaio para ele. – Não me venha com esse papo furado. Você está encrencado e sabe disso.

– Tem um cigarro?

– Estou falando com você...

– Ouvi o que você falou. – Ele fez um gesto na direção da bolsa dela. – Olhe, estou sem cigarros. Tem um sobrando?

Ela abriu a bolsa e tirou um maço de cigarros. Deu um a ele, pegou outro e riscou um fósforo. Quando ele se inclinou para a frente para acender, ela disse:

– Quem são eles?

– Você me pegou.

– Nunca viu os dois antes?

– Não.

– Está bem – disse ela. – Vamos parar com isso.

Ela terminou de comer, bebeu um pouco de água, deu uma última baforada no cigarro e o apagou no cinzeiro. Eles se levantaram do reservado e saíram do restaurante. O vento agora estava mais forte e mais frio e tinha começado a nevar. Quando os flocos tocavam o chão, ficavam ali brancos, não derretiam. Ela levantou a gola do casaco e botou as mãos nos bolsos. Olhou para cima e ao redor, para a neve que caía, e disse que gostava da neve, que esperava que continuasse a cair. Disse que provavelmente nevaria a noite inteira e também amanhã. Ela perguntou se ele gostava de neve. Ele disse que não fazia muita diferença.

Estavam andando pela rua de paralelepípedos e ele queria olhar para trás mas não o fez. O vento estava forte. Eles tinham de manter as cabeças baixas e caminhavam com dificuldade. Ela estava dizendo que ele podia acompanhá-la até em casa se quisesse. Ele disse tudo bem, sem pensar em perguntar onde ela morava. Ela disse que morava em uma pensão em Kenworth Street. Estava dizendo o número, mas ele não ouviu. Estava escutando o som de seus passos e se perguntando se aquele era o único som. Então ouviu o outro som, mas eram apenas gatos vira-latas berrando. Um som fraco, que ele concluiu serem gatinhos chamando pela mãe. Ele desejou poder fazer algo por eles, os gatinhos órfãos. Estavam em algum lugar daquele beco do outro lado da rua. Ele ouviu a garçonete falar.

– Aonde você vai?

Ele se afastou dela, na direção do meio-fio. Estava olhando para a entrada do beco do outro lado da rua. Ela foi até ele e disse:

– O que foi?

– Os gatinhos – disse ele.

– Gatinhos?

– Escute só – disse ele. – Coitadinhos. Os gatinhos não estão bem.

– Você está misturando tudo. Não são filhotinhos

– disse ela. – São gatos crescidos. E pelo que estou ouvindo, estão é se divertindo muito.

Ele escutou mais uma vez. Dessa vez, escutou certo. Ele riu e disse:

– Acho que preciso de uma antena nova.

– Não – disse ela. – Está tudo bem com a antena. O problema é que você está misturando as estações, só isso.

Ele não entendeu aquilo direito. Olhou para ela curioso.

– Acho que é um hábito que você tem – disse ela. – Como no Hut. Eu percebi. Você parece nunca saber ou se importar com o que está realmente acontecendo. Sempre sintonizado em alguma espécie de comprimento de onda bizarro que só você consegue ouvir. Como se não estivesse ligando a mínima para os acontecimentos atuais.

Ele riu levemente.

– Pare com isso – interveio ela. – Pare de fazer piada. Isso que está acontecendo agora não é piada. Dê uma olhada ao redor e veja o que eu estou querendo dizer.

Ela o estava encarando, olhando além dele.

– Temos companhia? – disse ele.

Ela assentiu com um leve aceno de cabeça.

– Não estou ouvindo nada – disse ele. – Só os gatos...

– Esqueça os gatos. Você agora está enrolado. Não pode inventar moda.

Ela tinha razão, pensou. Ele virou-se e olhou para a rua. Lá longe o brilho amarelo e verde da iluminação pública pingava sobre os tetos dos carros estacionados. Formava uma poça mal-iluminada amarelo-esverdeada nas pedras do calçamento, uma tela bruxuleante para todas as sombras em movimento. Ele viu duas sombras se movendo na tela, dois sujeitos agachados lá embaixo, atrás de um dos carros estacionados.

– Eles estão esperando – disse ele. – Estão esperando que a gente faça algum movimento.

– Se vamos fazer algum movimento, é melhor que seja rápido – disse ela com frieza. – Vamos. Temos que correr...

– Não – disse ele. – Não há pressa. Vamos só continuar andando.

Ela lançou outra vez aquele olhar penetrante para ele.

– Você já passou por alguma coisa assim antes?

Ele não respondeu. Estava se concentrando na distância entre aquele ponto e a esquina à frente. Estavam andando devagar na direção da esquina. Ele calculou a distância em cerca de vinte metros. Enquanto seguiam caminhando devagar, olhou para ela, sorriu e disse:

– Não fique nervosa. Não tem motivo para ficar nervosa.

Pelo menos, não muito, pensou ele.

Capítulo quatro

Eles chegaram na esquina e entraram em uma rua estreita iluminada por apenas uma lâmpada. Seus olhos avaliaram a escuridão e encontraram uma porta de madeira lascada, a entrada para um beco. Ele tentou abri-la e conseguiu, então passou, seguido por ela, que fechou a porta ao passar. Estavam ali, de pé, esperando pelo som de passos se aproximando, quando ouviu um farfalhar, como se ela estivesse procurando algo sob o casaco.

– O que está fazendo? – perguntou ele.

– Pegando meu alfinete de chapéu – disse ela. – Se entrarem aqui, vão encontrar um alfinete de chapéu de quinze centímetros esperando por eles.

– Acha que vão se incomodar com isso?

– Não vai deixá-los felizes, tenho certeza.

– Acho que tem razão. Isso aí entra fundo, machuca.

– Deixe que eles tentem alguma coisa para ver o que vai acontecer.

Eles esperaram ali na escuridão absoluta atrás da entrada do beco. Momentos se passaram e então eles escutaram os passos se aproximando. Os passos chegaram, hesitaram, seguiram e então pararam. Depois voltaram na direção da porta do beco. Ele podia sentir a rigidez da garçonete, bem atrás dele. Então ouviu as vozes do outro lado da porta.

– Aonde eles foram? – disse uma das vozes.

– Talvez para uma dessas casas.

– A gente devia ter sido mais rápido.

– Fizemos tudo certo. Mas eles estavam muito perto de casa. Entraram em uma dessas casas.

– E aí, o que você quer fazer?

– Não podemos tocar todas as campainhas.

– Quer continuar a andar? Talvez estejam mais acima da rua.

– Vamos voltar para o carro. Estou ficando com frio.

– Acha que já chega por hoje?

– Basta, deu tudo errado.

– E como, droga.

Os passos se afastaram. Ele disse para ela:

– Vamos esperar alguns minutos.

– Acho que posso guardar o alfinete de chapéu – disse ela.

Ele riu e murmurou:

– Olhe onde vai botar isso. Não quero que me espete.

Estavam ali de pé no espaço apertado do beco muito estreito, e quando o braço dela se moveu, seu cotovelo roçou de leve as costelas dele. Nada mais que um toque, mas por algum motivo ele estremeceu, como se tivesse sido atingido pelo alfinete de chapéu. Sabia que não era o alfinete. Então, movendo-se outra vez e trocando de posição, no espaço apertado, ela o tocou novamente e ele estremeceu outra vez. Ele respirava rápido por entre os dentes, sentindo que algo acontecia. Estava acontecendo de maneira inesperada e rápida demais, e ele tentou interromper. Disse a si mesmo: você precisa parar com isso. Mas na verdade, isso atingiu você rápido demais, você não estava preparado e não tinha a menor idéia do que estava para acontecer. Bem, uma coisa é certa: não vai se livrar disso ficando aqui com ela tão perto, muito perto, perto demais. Acha que ela sabe? Claro que sabe, está tentando não tocar em você de novo.

E agora está se afastando, para que você tenha mais espaço. Mas ainda está cheio demais aqui. Acho que agora podemos sair. Vamos lá, abra a porta. O que está esperando?

Ele abriu a porta do beco e saiu para a calçada. Ela o seguiu. Eles subiram a rua sem falar, sem olhar um para o outro. Ele começou a andar mais rápido, ia na frente dela. Ela não tentou alcançá-lo. Seguiram assim e logo ele estava andando muito na frente dela, sem pensar naquilo, apenas queria andar rápido, chegar em casa e dormir.

Então, naquele momento, ocorreu a ele que estava andando sozinho. Tinha chegado em um cruzamento, virou e esperou. Procurou por ela, mas não a viu. Aonde ela foi?, perguntou a si mesmo. A resposta veio de longe na rua, o som de seus saltos no chão, seguindo na direção oposta.

Por um instante, ele brincou com a idéia de ir atrás dela. Você não vai tirar um zero em etiqueta, pensou, e deu alguns passos. Então parou, sacudiu a cabeça e disse para si mesmo: É melhor deixar as coisas do jeito que estão. Fique longe dela.

Mas por quê?, perguntou a si mesmo, de repente consciente de que algo estava acontecendo outra vez. Não faz sentido, não pode ser assim. Você não agüenta a simples idéia de ser tocado por ela, é demais, vai começar tudo de novo. Ela trabalha no Hut há meses, você a viu todas as noites e ela nunca passou de parte do cenário. E agora, do nada, surge esse problema.

Chama isso de problema? Pare com isso, sabe que não é problema nenhum, você só não está preparado para qualquer problema, qualquer preocupação. Com você, é tudo pela diversão, a diversão fácil que não exige qualquer esforço, o estilo despreocupado que faz com que você exiba o tempo inteiro seu sorriso controlado. Tem sido assim há muito tempo e tem funcionado para você, funcionado muito bem. Se quer meu conselho, deixe as coisas como estão.

Mas ela disse que morava em Kenworth Street. Talvez fosse melhor você fazer uma espécie de escolha, para garantir que ela chegue em casa bem. É, aqueles dois sujeitos podem ter mudado de idéia sobre aquela noite haver terminado. Podem ter resolvido dar outra olhada na vizinhança. Talvez a tivessem visto caminhando sozinha e...

Agora olhe aqui, você precisa parar com isso. Precisa pensar em outra coisa. Pensar em quê? Está bem, vamos pensar em Oscar Levant. Ele é mesmo talentoso? É, ele é talentoso mesmo. Art Tatum é talentoso? Art Tatum é muito talentoso. E Walter Gieseking? Bem, você nunca o ouviu tocar em pessoa, por isso não sabe dizer. Outra coisa que não sabe é o número da casa na Kenworth. Não sabe nem em que quadra fica. Ela contou onde mora? Não me lembro.

Oh, pelo amor de Deus, vá para casa dormir.

Ele morava em uma pensão a algumas quadras do Hut. Era uma casa de dois andares e seu quarto ficava no segundo piso. O quarto era pequeno, o aluguel era 5,50 por semana e, na verdade, era uma pechincha, porque a senhoria tinha mania de limpeza. Estava sempre esfregando ou tirando a poeira. Era uma casa muito velha, mas todos os quartos eram impecáveis.

Seu quarto tinha uma cama, uma mesa e uma cadeira. No chão, perto da cadeira, havia uma pilha de revistas. Todas publicações sobre música, a maior parte sobre música clássica. A revista no topo da pilha estava aberta e, quando ele entrou no quarto, pegou-a e folheou suas páginas. Então começou a ler um artigo sobre desenvolvimentos recentes na teoria do contraponto.

O artigo era muito interessante. Tinha sido escrito por um nome respeitado na área, alguém que sabia realmente do que estava falando. Ele acendeu um cigarro e ficou ali sob a luz do teto, ainda vestindo seu sobretudo salpicado de neve, mergulhado no artigo da revista. Em algum ponto no meio do terceiro parágrafo, ergueu seus olhos até a janela.

A janela dava para a rua; as persianas estavam parcialmente fechadas. Ele andou até a janela e olhou para fora. Então a abriu e inclinou-se para fora para ter uma visão melhor. A rua estava deserta. Ficou ali olhando para a neve que caía. Sentiu os flocos soprados pelo vento o atingirem. O ar frio cortava seu rosto, e ele pensou: vai ser bom cair naquela cama.

Despiu-se rapidamente. Logo estava entrando nu embaixo do lençol e do cobertor grosso, puxou a cordinha para ligar o abajur perto da cama e outra que ia da luz do teto até a cabeceira de sua cama. Ficou ali recostado sobre o travesseiro, acendeu outro cigarro e prosseguiu com o artigo.

Leu por alguns minutos, então começou a olhar para as palavras impressas sem compreendê-las. Continuou por alguns instantes e finalmente deixou a revista cair no chão. Ficou fumando e olhando para a parede do outro lado do quarto.

O cigarro queimou até o fim e ele inclinou-se para apagá-lo no cinzeiro sobre a mesa perto da cama. Quando amassava a guimba, ouviu a batida na porta.

O vento assobiava pela janela aberta e misturava-se com o som que vinha da porta. Ele olhou para a porta, sentindo muito frio, e se perguntou quem estaria ali fora.

Então sorriu para si mesmo, sabendo quem era, sabendo o que iria ouvir em seguida, porque já tinha ouvido aquilo muitas vezes nos anos em que morava ali.

Do outro lado da porta, uma voz feminina sussurrou:

– Você está aí, Eddie? Sou eu, Clarice.

Ele saiu da cama, abriu a porta e a mulher entrou.

– Olá, Clarice – disse ele, e ela olhou para ele ali de pé, sem roupa, e disse:

– Ei, volta para baixo daquele cobertor. Você vai pegar um resfriado.

Então ela fechou a porta, com cuidado e sem fazer barulho. Ele estava de volta à cama, sentado com as cobertas até a cintura. Sorriu para ela e disse:

– Sente-se.

Ela puxou a cadeira para perto da cama e sentou.

– Nossa, está muito frio aqui – disse. Levantou e fechou a janela. Então, outra vez sentada, disse: – Esse seu gosto por ar gelado me impressiona. Não entendo como não pega uma gripe. Ou uma pneumonia.

– O ar fresco faz bem.

– Não nessa época do ano – disse ela. – Essa época é para os pássaros, e nem eles gostam disso. Eles têm mais miolos que a gente. Vão todos para a Flórida.

– Eles podem fazer isso. Têm asas.

– Como eu queria ter asas – disse a mulher. – Ou pelo menos o dinheiro necessário para a passagem de ônibus. Eu faria as malas e iria para o Sul pegar um pouco daquele sol.

– Você já esteve no Sul?

– Claro, muitas vezes. Quando viajava com o parque de diversões. Uma vez eu quebrei o tornozelo em Jacksonville quando tentava aprender um truque novo. Eles me deixaram lá internada no hospital, não me deram nem meu salário. Essa gente de parque de diversões... alguns são verdadeiros animais, verdadeiros animais.

Ela pegou um cigarro dele. Acendeu-o com um movimento gracioso e despreocupado do braço e do pulso. Então, apagou o fósforo passando-o de uma mão para outra, a chama morrendo no ar, e pegou o fósforo morto exatamente entre o polegar e o mindinho.

– O que achou do meu *timing*? – perguntou ela, como se ele nunca tivesse visto aquele truque antes.

Ele o vira inúmeras vezes. Ela sempre fazia aquelas coisas. E às vezes, no Hut, abria espaço entre as mesas para fazer os mortais e piruetas que mostravam que ela ainda tinha um pouco daquilo guardado – o *timing*, a coordenação e os reflexos extra-rápidos. No fim de sua adolescência e até os vinte e poucos anos, ela fora uma dançarina acrobática acima da média.

Agora, aos 32, ainda era uma profissional, mas em uma linha diferente de atuação.

Suas habilidades nesse campo, em especial o fato de nunca ter reduzido o ritmo, deviam-se principalmente à sua dedicação para se manter em forma. Como uma dançarina acrobática, tinha aderido fielmente às regras estritas de treinamento, à dieta rígida e aos exercícios diários. Na profissão atual, era igualmente devotada a certas regras e regulamentos da cultura física, insistindo ser "muito importante, entende. Claro que eu bebo gim. É bom para mim. Evita que eu coma demais. Nunca enche demais minha barriga".

Seu corpo mostrava isso. Ela ainda tinha a flexibilidade de mola de uma acrobata, e suas juntas eram tão flexíveis que parecia não ter osso algum. Permanecia com 1,65m e pesava 50 quilos, não parecia magra, mas bem ajustada à moldura. Não tinha muito seios ou quadris ou coxas, só o suficiente para ser considerada uma fêmea. O aspecto feminino era mais evidente em seu rosto, no nariz e no queixo frágeis, nos olhos grandes e cinzentos. Usava o cabelo bem curto e sempre pintado. Agora estava com uma cor entre o amarelo e o laranja.

Ela estava sentada ali vestindo um roupão de banho felpudo, uma manga rasgada até o cotovelo. Com o cigarro ainda entre o polegar e o mindinho, levou-o até a boca, deu um pequeno trago na fumaça, soltou-a e disse a ele:

– E aí?

– Esta noite, não.

– Está sem grana?

Ele concordou com a cabeça.

Clarice deu outro trago no cigarro.

– Você pode ficar devendo.

Ele sacudiu a cabeça.

– Você já ficou devendo antes – disse ela. – Seu crédito comigo é bom.

– Não é isso – disse ele. – É só que estou cansado. Muito cansado.

– Você quer dormir? – ela começou a se levantar.

– Não – disse ele. – Fique mais um pouco. Vamos conversar.

– Está bem. – Ela encostou-se outra vez na cadeira. – Eu estou mesmo precisando de companhia. Às vezes fico tão entediada naquele quarto. Eles nunca querem sentar e conversar. Como se tivessem medo de que eu cobrasse um extra.

– Como foi esta noite?

Ela deu de ombros.

– Mais ou menos. – Pôs a mão no bolso do roupão e houve um barulho de papel e o tilintar de moedas. – Nada mal para uma sexta à noite, eu acho. Na maioria das noites de sexta os negócios não são muito bons. Ou os caras gastam até o último centavo no Harriet's ou estão tão bêbados que precisam ser carregados para casa. Ou ficam falando tão alto que não posso arriscar. A senhoria reclamou outra vez na semana passada. Disse que, da próxima vez, me bota na rua.

– Ela diz isso há anos.

– Às vezes eu me pergunto por que ela me deixa ficar.

Clarice refletiu sobre aquilo por alguns instantes e então balançou a cabeça.

– Pense só, deve ser horrível ficar velha assim.

– Você acha? Eu acho que não. Faz parte do jogo, acontece, só isso.

– Não vai acontecer comigo – disse ela decidida. – Quando eu fizer sessenta, acendo o gás. Qual o sentido de ficar por aqui sem fazer nada?

– Tem muita coisa para se fazer depois dos sessenta.

– Não para mim. Eu não vou me unir a um grupo de costura, nem jogar bingo toda noite. Se eu não puder fazer mais que isso, é melhor me enterrarem.

– Se enterrassem você, você pulava na hora. Saía fazendo piruetas.

– Você acha mesmo que eu faria isso?

– Claro que faria. – Ele sorriu para ela. – Piruetas duplas e mortais invertidos. E seria aplaudida.

O rosto dela se iluminou, como se pudesse ver aquilo acontecer. Mas então seus pés descalços sentiram a dureza do chão e aquilo a trouxe de volta para o aqui e agora. Ela olhou para o homem na cama.

Então saiu da cadeira e foi até o lado da cama. Pousou a mão no cobertor sobre o joelho dele.

Ele franziu levemente o cenho.

– Qual o problema, Clarice?

— Não sei. Fiquei com vontade de fazer alguma coisa.

— Mas eu já disse que...

— Antes eram negócios. Isso aqui não é trabalho. Isso me lembra de uma noite no verão passado quando eu vim aqui e ficamos conversando, eu lembro que você estava sem dinheiro e eu disse que você podia ficar devendo e você disse que não, então eu deixei para lá e continuamos conversando sobre várias coisas até que você elogiou meu cabelo. Disse que estava muito bonito do jeito que eu o havia penteado. Eu tinha penteado sozinha mais cedo e estava curiosa sobre como tinha ficado. Então fiquei feliz quando você disse aquilo e disse obrigada. Lembro de dizer obrigada.

"Mas não sei, acho que aquilo precisava de mais que um obrigada. Acho que eu precisava mostrar que tinha ficado mesmo satisfeita. Não exatamente o que você chamaria de favor, mas um pouco mais como um desejo, eu diria. E o resultado é que fui com você de graça. Então agora estou dizendo uma coisa. Vou dizer como foi para mim. Foi ótimo, eu cheguei lá em cima no céu."

O rosto dele fechou-se mais. Então um sorriso misturou-se à expressão séria e ele disse:

— O que está fazendo? Escrevendo poesia?

Ela deu uma risada.

— Parece, não é? — E tentou brincar imitando a si mesma. — ...lá em cima no céu. — Ela sacudiu a cabeça e disse: — Eu devia gravar isso e vender para o pessoal das novelas. Mas o que estou tentando dizer é que aquela noite de verão foi uma noite e tanto, Eddie. Eu me lembro bem daquela noite.

Ele concordou com um lento aceno de cabeça.

— Eu também.

— Você se lembra? — Ela se inclinou na direção dele. — Você se lembra mesmo?

– Claro – disse ele. – Foi uma daquelas noites que não acontecem com muita freqüência.

– E olhe outra coisa: se não estou enganada, era uma sexta-feira.

– Não sei – disse ele.

– Claro que era. Tenho certeza de que era uma noite de sexta, porque no dia seguinte você recebeu seu pagamento da Harriet no Hut. Ela sempre paga vocês nos sábados, e é por isso que eu me lembro. Ela pagou e você foi até a mesa onde eu estava sentada com alguns homens. Tentou me dar três dólares. Eu mandei você pro inferno. Então você quis saber por que eu estava com raiva, e eu disse que não estava com raiva. E para provar, paguei uma bebida para você. Um gim duplo.

– É verdade – disse ele, lembrando que não queria o gim, mas aceitou em sinal de boa vontade. Quando ergueram os copos para brindar, ela estava olhando através dos copos como se tentasse dizer a ele algo que só poderia ser dito através do gim. Agora ele lembrava. Lembrava muito bem.

– Eu estou mesmo muito cansado, Clarice. Se não estivesse...

A mão dela deixou o cobertor sobre o joelho dele. Ela deu de ombros e disse:

– Bem, acho que nem todas as noites de sexta-feira são iguais.

Ele tremeu de leve.

Ela foi na direção da porta. Lá, virou-se e deu um sorriso amistoso para ele. Ele tentou dizer algo, mas não conseguiu. Viu que o sorriso dela tinha dado lugar a uma expressão de preocupação.

– O que foi, Eddie?

Ele se perguntou o que seu rosto mostrava. Estava tentando exibir seu sorriso afável, mas não conseguiu.

Em seguida, piscou várias vezes e fez um grande esforço, então o sorriso surgiu em seus lábios.

Mas ela estava olhando para os olhos dele.

– Tem certeza que está bem?

– Estou bem – disse ele. – Por que não estaria? Não tenho problemas.

Ela piscou para ele, como para dizer: você quer que eu acredite nisso, então vou acreditar. Então ela deu boa noite e foi embora do quarto.

Capítulo cinco

Ele não conseguiu dormir muito. Pensou em Turley. Disse a si mesmo: por que pensar nisso? Você sabe que eles não pegaram Turley. Se o tivessem pego, não precisariam de você. Foram atrás de você porque estavam ansiosos para discutir algo com Turley. Sobre o quê? Bem, você não sabe e não se importa. Então acho que, agora, você pode ir dormir.

Pensou sobre as caixas de cerveja caindo no chão do Hut. Quando você fez isso, pensou, começou algo. Como se dissesse a eles que tinha uma ligação com Turley. E naturalmente eles entenderam isso. E calcularam que você poderia levá-los até Turley.

Mas acho que agora está tudo bem. Item um: eles não sabem que você é irmão dele. Item dois: eles não sabem onde você mora. Vamos pular o três porque esse item é a garçonete e você não quer pensar nela. Está bem, não vamos pensar nela, vamos nos concentrar em Turley. Você sabe que ele escapou e isso é bom. Também é bom saber que eles não vão pegar você. Afinal de contas, eles não são a polícia. Não podem sair por aí fazendo perguntas. Pelo menos, não nessa vizinhança. Nessa vizinhança é muito difícil conseguir informação. Os cidadãos daqui têm uma política de boca fechada em relação a fatos e números, especialmente o endereço de alguém. Você mora aqui há tempo suficiente para saber isso. Você sabe que há uma forte linha de defesa contra todos os cobradores, fiscais do imposto de renda ou qualquer tipo de investigador. Então, não importa quem pergunte, não vai conseguir coisa alguma. Mas espere aí. Você tem certeza disso?

Só tenho certeza de uma coisa, moço. Você precisa dormir e não consegue. Começou algo que cresceu muito, mas na verdade não é nada. É esse o tamanho da coisa, zero.

Seus olhos estavam abertos e ele olhava para a janela. Na escuridão, via os pontos brancos movendo-se sobre a tela negra, milhões de pontos brancos caindo lá fora, e ele pensou: amanhã as crianças vão poder andar de trenó. Ei, aquela janela está aberta? Claro que está aberta, você pode ver que está aberta. Você a abriu depois que Clarice foi embora. Bem, vamos abri-la mais. Vamos deixar entrar mais ar, talvez nos ajude a pegar no sono.

Ele levantou-se da cama e foi até a janela. Abriu-a inteira. Então inclinou-se e olhou, e a rua estava deserta. De volta na cama, fechou os olhos e os manteve assim e acabou dormindo. Dormiu por menos de uma hora, levantou, foi até a janela e olhou para fora. A rua estava deserta. Então dormiu mais algumas horas antes de sentir a necessidade de dar outra olhada. Na janela, inclinando-se para fora, olhou para a rua e viu que estava deserta. Chega, disse a si mesmo. Não vamos olhar mais.

Eram seis e quinze, os números branco-amarelados no mostrador do despertador. Vamos dormir um pouco agora, sono de verdade, resolveu. Vamos dormir até a uma da tarde, melhor, até a uma e meia. Botou o relógio para despertar à uma e meia, entrou na cama e dormiu. Acordou às oito e foi até a janela. Então voltou para a cama e dormiu até dez e vinte, quando fez outra viagem até a janela. A única ação lá fora era a neve. Ela caía forte e grossa, e já parecia ter alguns centímetros de espessura. Observou-a por alguns momentos, então entrou na cama e dormiu. Duas horas mais tarde estava de pé e na janela. Nada estava acontecendo e ele voltou a dormir. Em menos de meia hora estava acordado e na janela. A rua estava deserta, exceto pelo Buick.

O Buick era novo em folha, um conversível de capota dura verde-claro e creme. Estava estacionado do outro lado da rua e, do ângulo da janela, podia vê-los no banco da frente, os dois. Ele reconheceu primeiro os chapéus de feltro, o cinza-perolado e o cinza mais escuro. São eles, disse para si mesmo. E você sabia que eles iam aparecer. Sabia a noite toda. Mas como eles conseguiram o endereço?

Vamos descobrir. Vamos nos vestir, sair lá fora e descobrir.

Não teve pressa para se vestir. Eles vão esperar, pensou. Eles não têm pressa e não se incomodam de esperar. Mas está frio lá fora, você não devia fazê-los esperar demais. Afinal, eles tiveram consideração com você, tiveram mesmo. Não subiram aqui, derrubaram a porta e arrancaram você da cama. Acho que foi muito simpático da parte deles.

Ele entrou no sobretudo surrado, saiu do quarto, desceu as escadas e saiu pela porta da frente. Atravessou a rua coberta de neve, e eles o viram chegar. Estava sorrindo para eles. Quando chegou mais perto, deu um aceno de reconhecimento, e o homem atrás do volante acenou de volta. Era o magro baixinho, o que usava um chapéu cinza-perolado.

O vidro do carro desceu e o homem ao volante disse:

– Olá, Eddie.

– Eddie?

– É o seu nome, não é?

– É, é meu nome, sim. – Ele continuou sorrindo.

Seus olhos calmos faziam a pergunta: quem contou a você?

Sem som, o magro baixinho respondeu: vamos deixar isso de lado. Então falou em voz alta:

— Eles me chamam de Pena. Uma espécie de apelido. Estou nessa categoria. — Ele apontou para o outro homem. — Esse é o Morris.

— Muito prazer – disse Eddie.

— Digo o mesmo – falou Pena. — Estamos muito contentes em conhecer você, Eddie. — Então ele se esticou e abriu a porta traseira. — Por que ficar aí fora na neve? Entre e fique mais confortável.

— Estou confortável – disse Eddie.

Pena manteve a porta aberta.

— Está mais quente no carro.

— Sei que está – disse Eddie. – Mas prefiro ficar aqui. Gosto de ficar aqui fora.

Pena e Morris se olharam, Morris moveu a mão na direção da lapela, os dedos deslizando para dentro do casaco, e Pena disse:

— Deixa pra lá. Não precisamos disso.

— Quero mostrar a ele – disse Morris.

— Ele sabe que está aí.

— Talvez ele não tenha certeza. Quero que ele tenha certeza.

— Tudo bem, mostre a ele.

Morris meteu a mão sob a lapela e tirou um pequeno revólver preto. Era compacto e parecia pesado, mas ele o manuseava como se fosse uma caneta-tinteiro. Girou-o uma vez e ele parou firme na palma de sua mão. Deixou-o ali por alguns momentos, então guardou-o outra vez no coldre de ombro. Pena dizia a Eddie:

— Quer entrar no carro?

— Não – disse Eddie.

Pena e Morris olharam um para o outro mais uma vez.

— Acho que ele pensa que estamos brincando — disse Morris.

— Ele sabe que não estamos brincando.

— Entre no carro — disse Morris para Eddie.— Você quer entrar no carro?

— Se eu tiver vontade — Eddie estava sorrindo outra vez. — Agora não estou com vontade.

Morris fechou a cara.

— Qual o problema com você? Não pode ser tão burro. Talvez seja doente da cabeça, algo assim. — Então disse a Pena. — O que acha dele?

Pena estava estudando o rosto de Eddie.

— Não sei — murmurou devagar e pensativo. — Parece que ele não sente nada.

— Ele pode sentir o metal — disse Morris. — Se levar um pedaço de chumbo na cara, ele vai sentir.

Eddie ficou ali de pé ao lado da janela aberta, as mãos procurando cigarros dentro de seus bolsos. Pena perguntou o que ele estava procurando e ele disse:

— Um cigarro. — Mas não havia cigarros e, finalmente, Pena ofereceu e acendeu um para ele, e depois disse:

— Posso dar mais a você se quiser. Dou um maço inteiro. Se não for suficiente, dou um pacote inteiro. Ou talvez você prefira grana.

Eddie ficou calado.

— O que acha de cinqüenta dólares? — disse Morris, sorrindo para Eddie com ares de gênio.

— O que eu compraria com isso? — ele não estava olhando para nenhum dos homens.

— Um sobretudo novo — disse Morris. — Um sobretudo novo ia cair bem em você.

— Acho que ele quer mais que isso — disse Pena, que estava estudando outra vez o rosto de Eddie.

Estava esperando que Eddie dissesse algo. Esperou uns quinze segundos, então disse:

— Diga, quanto você quer?

Eddie falou com calma:

— Quanto para quê? O que eu estou vendendo?

— Você sabe — disse Pena, e acrescentou: — Cem?

Eddie não respondeu. Estava olhando de esguelha através da janela aberta, através do pára-brisa e além do capô do Buick.

— Trezentos? — perguntou Pena.

— Isso cobre um monte de despesas — completou Morris.

— Não tenho muitas despesas — disse Eddie.

— Então por que está enrolando? — perguntou Pena com suavidade.

— Não estou enrolando — disse Eddie. — Só estou pensando.

— Talvez ele ache que não temos essa grana toda — disse Morris.

— É isso o que está atrapalhando o acordo? — disse Pena para Eddie. — Quer ver a grana?

Eddie deu de ombros.

— Claro, vamos mostrar para ele — disse Morris. — Assim ele vê que não é só papo, que nós temos mesmo esse capital todo.

Pena levou a mão ao bolso interno do paletó e tirou uma carteira reluzente de couro de lagarto. Seus dedos entraram nela e saíram com um monte de notas novinhas. Ele as contou em voz alta, como se o fizesse para si mesmo, mas alto o suficiente para que Eddie escutasse. Eram notas de vinte, cinqüenta e cem. O total chegava a mais de dois mil dólares. Pena guardou o dinheiro na carteira e a pôs de novo no bolso.

— É muito dinheiro para se andar por aí – comentou Eddie.

— Isso é mixaria – disse Pena.

— Depende da sua renda anual – murmurou Eddie. – Se você ganha uma nota, anda por aí com uma nota. Ou, às vezes, não é dinheiro seu, eles podem ter apenas dado a você para as despesas.

— Eles? – Pena apertou os olhos. – Quem você quer dizer com eles?

Eddie deu de ombros outra vez.

— Quero dizer, você trabalha para gente grande...

Pena deu uma olhada para Morris. Por alguns instantes tudo ficou em silêncio. Então Pena disse para Eddie:

— Você não está bancando o engraçadinho, está?

Eddie sorriu para o homem baixo e magro, e não respondeu.

— Faça um favor a você mesmo – disse Pena baixinho. – Não brinque comigo. Isso só ia me deixar irritado e aí a gente não ia conseguir falar de negócios. Eu ficaria muito nervoso. – Ele estava olhando para o volante. Brincava com os dedos magros em torno do volante liso. – Agora, vamos ver. Onde estávamos?

— Em trezentos – ofereceu Morris. – Ele não ia vender por trezentos. Então acho que você devia oferecer quinhentos...

— Está bem – disse Pena. Ele olhou para Eddie. – Quinhentos dólares.

Eddie baixou os olhos até o cigarro entre seus dedos. Levou-o à boca e deu um trago reflexivo.

— Quinhentos – disse Pena. – É o máximo.

— É definitivo?

— Fechado – disse Pena, e enfiou a mão no paletó para pegar a carteira.

— Nada feito – disse Eddie.

Pena trocou outro olhar com Morris.

– Não estou entendendo – disse Pena. Falou como se Eddie não estivesse ali. – Já vi de tudo, mas esse aqui, para mim, é novidade. Qual o problema dele?

– Você está perguntando para mim? – Morris fez um gesto desesperançado, as mãos estendidas e viradas para cima. – Não consigo entender. Ele é maluco.

Eddie estava usando aquele sorriso afável e olhava para o nada. Ficou ali de pé dando pequenos tragos no cigarro. Seu sobretudo estava desabotoado, como se ele não estivesse sentindo o vento e a neve. Os dois homens no carro olhavam para ele, esperando que fizesse algo, desse alguma indicação de que estava realmente ali.

Pena, finalmente, disse:

– Tudo bem, vamos tentar de outro ângulo. – Sua voz era suave. – Olhe, o negócio é o seguinte, Eddie: a gente só quer falar com ele. Não vamos machucá-lo.

– Machucar quem?

Pena estalou os dedos.

– Vamos lá, vamos abrir o jogo. Você sabe de quem estou falando. Seu irmão. Seu irmão Turley.

A expressão de Eddie não se alterou. Ele nem sequer piscou. Estava dizendo para si mesmo: bem, aí está. Eles sabem que você é irmão dele. Então agora você está dentro, foi envolvido, e eu gostaria que você pudesse imaginar uma maneira de sair fora.

Ele ouviu a voz de Pena:

– Só queremos sentar e conversar com ele. Você só precisa fazer a ponte.

– Não posso fazer isso – disse ele. – Não sei onde ele está.

Então, Morris falou:

– Você tem certeza? Tem certeza que não está apenas tentando protegê-lo?

– Porque eu deveria? – Eddie deu de ombros. – Ele é apenas meu irmão. Por quinhentos paus eu seria um idiota se não o entregasse a vocês. Afinal, o que é um irmão? Um irmão não significa nada.

– Agora ele está ficando engraçadinho de novo – disse Pena.

– Um irmão, uma mãe, um pai – disse Eddie com outro dar de ombros –, eles não são importantes. São como uma mercadoria que você vende no balcão, só isso. – Sua voz caiu um pouco. – Segundo uma linha de raciocínio.

– O que ele está dizendo agora? – Morris queria saber.

– Acho que ele está dizendo que devíamos ir para o inferno – disse Pena. Então olhou para Morris, balançou a cabeça devagar e Morris sacou a arma. Pena disse para Eddie:

– Abra a porta. Entre.

Eddie ficou ali parado, sorrindo para eles.

– Ele está pedindo – disse Morris, então ouviu-se o ruído da trava de segurança.

– Que barulho bonito – disse Eddie.

– Quer ouvir um barulho bonito de verdade? – murmurou Pena.

– Primeiro você precisa contar até cinco – Eddie falou para ele. – Vamos, conte até cinco. Quero ouvir você contar.

O rosto magro de Pena estava branco.

– Vamos fechar em três. – Quando disse isso, estava olhando além de Eddie.

– Está bem, vamos contar até três – disse Eddie. – Quer que eu conte para você?

– Depois – disse Pena, ainda olhando além dele, e agora sorrindo. – Vamos esperar ela chegar aqui.

Então Eddie sentiu a neve e o vento. O vento estava muito frio. Ele se ouviu dizer:

– Quando quem chegar aqui?

– A garota – disse Pena. – A garota que estava com você ontem à noite. Ela está vindo visitar você.

Ele se virou e a viu se aproximar. Estava atravessando a rua em diagonal, na direção do carro. Ele ergueu a mão o suficiente para fazer um gesto de alerta, para dizer a ela que se mantivesse afastada, para por favor ficar afastada. Ela continuou a andar na direção do carro e ele pensou: ela sabe, ela sabe que você está com problemas e acha que pode ajudar. Mas o revólver... Ela não está vendo o revólver...

Ele ouviu a voz de Pena:

– Está vendo sua namorada, Eddie?

Ele não respondeu. A garçonete se aproximou. Ele fez outro gesto de aviso, mas agora ela estava perto demais e ele tirou os olhos dela e olhou para dentro do carro. Viu Morris inclinado com o revólver movendo-se devagar de um lado para outro, para cobrir duas pessoas em vez de uma. É isso. Com isso ela está envolvida.

Capítulo seis

Logo ela estava ali de pé perto dele e os dois olhavam para o revólver. Esperou que ela perguntasse a ele do que se tratava, mas ela não falou nada. Pena se inclinou para trás, sorrindo para eles, dando tempo suficiente para que estudassem o revólver, para pensar sobre o revólver. As coisas continuaram desse jeito talvez por meio minuto, então Pena disse para Eddie:

— Aquela história de contar. Você ainda quer que eu conte até três?

— Não – disse Eddie. – Acho que não é mais necessário. – Ele estava tentando não franzir a testa. Estava muito preocupado com a garçonete.

— Onde a gente senta? – queria saber Morris.

— Você atrás – disse Pena, então tomou o revólver de Morris, abriu a porta e saiu do carro. Segurou a arma ao lado do corpo enquanto andava com Eddie e Lena. Ficou apenas um pouco atrás ao darem a volta até o outro lado do carro. Disse a eles que sentassem na frente. Eddie começou a entrar, e Pena disse:

— Não, quero que ela fique no meio.

Ela entrou e Eddie a seguiu. Morris esticou-se do banco traseiro para pegar o revólver com Pena. Por um instante houve uma possibilidade de interceptação, mas Eddie não achou que fosse uma boa chance: não importa se você é rápido, o revólver é mais rápido. Você tenta pegá-lo, ele pega você. E você sabe que ele vai chegar antes. Acho melhor encarar o fato de que vamos dar um passeio em algum lugar.

Ele olhou Pena entrar no carro e ajeitar-se no volante. A garçonete estava sentada, olhando direto para a frente, pelo pára-brisa.

— Encoste-se — disse Pena. — Pode ficar à vontade.

Sem olhar para Pena, ela disse:

— Obrigada — encostou-se e cruzou os braços. Então Pena deu a partida no motor.

O Buick rodou macio pela rua, virou uma esquina, desceu outra rua estreita e então chegou a uma mais larga. Pena ligou o rádio. Um conjunto de jazz bem legal estava no meio de algo alegre. Uma modulação boa, com um saxofone suave e o toque delicado de um mestre no teclado. Um piano muito bom, disse Eddie para si mesmo. Acho que é Bud Powell.

Então ouviu Lena dizer:

— Aonde estamos indo?

— Pergunte ao seu namorado — disse Pena.

— Ele não é meu namorado.

— Bem, pergunte a ele assim mesmo. Ele é o navegador.

Ela olhou para Eddie. Ele deu de ombros e continuou a escutar a música.

— Vamos lá — disse Pena. — Comece a navegar.

— Aonde você quer ir?

— Turley.

— Onde é isso? — perguntou Lena.

— Não é um lugar — disse Pena. — É o irmão dele. Temos negócios com o irmão dele.

— O homem de ontem à noite? — perguntou ela a Eddie. — O que fugiu correndo do Hut?

Ele confirmou com a cabeça.

— Eles investigaram — disse. — Primeiro descobriram que ele é meu irmão. Então conseguiram mais informação. Conseguiram meu endereço.

— Quem contou a eles?

— Acho que sei quem foi, mas não tenho certeza.

— Vou contar a vocês – ofereceu Pena. – Voltamos ao bar quando ele abriu hoje de manhã. Pegamos umas bebidas e começamos a conversar com o barrigudo, estou falando daquele que parece que antigamente foi um lutador...

— Plyne – disse a garçonete.

— É o nome dele? – Pena tocou a buzina de leve e dois garotos com trenós pularam de volta para o meio-fio. – Bem, nós estávamos ali no bar e ele começou a se aproximar, puxando papo. Contou que era o gerente-geral e nos ofereceu uma bebida por conta da casa. Então falou sobre um monte de coisas, deixando clara a sua intenção. Ele se saiu bem por um tempo, mas ficou demais para ele, que começou a se enrolar com as palavras. Ficamos ali parados olhando para ele, que então fez sua jogada. Queria saber qual era a nossa.

— Ele falou como se estivesse faminto – disse Morris no banco de trás.

— É – disse Pena. – Como se tivesse identificado que somos peixe grande e quisesse entrar na jogada também. Sabe como é com essas pessoas que já foram alguma coisa e agora não são nada. Todos eles querem voltar para o topo.

— Nem todos – disse a garçonete. Ela deu uma olhada rápida para Eddie, então voltou-se outra vez para Pena. – O que você estava dizendo mesmo?

— Bem, a gente não deu nada a ele, só um papo furado que o deixou ainda mais faminto. Então eu joguei verde, mencionei, como se não tivesse a mínima importância, seu amigo aqui, que derrubou as caixas de cerveja. Foi uma aposta arriscada, mas que deu resultado. – Ele riu satisfeito para Eddie. – Deu um ótimo resultado.

— Aquele Plyne — disse a garçonete. — Aquele Plyne e a sua boca grande.

— Ele também levou uma grana — disse Pena. — Dei a ele uma nota de cinqüenta pela informação.

— Aquela grana fez os olhos dele pularem — disse Morris.

— E deixou ele querendo mais — Pena deu uma risada. — Ele pediu que voltássemos. Disse que se houvesse alguma outra coisa que pudesse fazer, era só falar que ele...

— Porco — disse ela. — Porco sujo.

Pena continuou a rir. Olhou por sobre o ombro e disse a Morris:

— Eu pensei bem e acho que é isso mesmo. Quando pegou aqueles cinqüenta, parecia um porco devorando sua lavagem...

Morris apontou na direção do pára-brisas.

— Olhe por onde anda.

Pena parou de rir.

— Quem está dirigindo?

— Você — disse Morris. — Mas tem muita neve e está congelando. A gente não tem corrente.

— Não precisamos de corrente — disse Pena. — Temos pneus de neve.

— Mesmo assim — disse Morris —, é melhor dirigir com cuidado.

Pena olhou para ele outra vez.

— Você está querendo me dizer como dirigir?

— Só estou dizendo...

— Não me diga como dirigir. Não gosto quando ficam me dizendo como dirigir.

— Sempre tem acidentes quando neva — disse Morris. — Queremos chegar onde estamos indo...

— Que declaração sensata — disse Pena. — Menos por uma coisa. Ainda não sabemos aonde vamos.

Então olhou curioso para Eddie.

Eddie estava ouvindo música do rádio.

Pena esticou-se até o painel, desligou o rádio e disse para Eddie:

– A gente gostaria de saber para onde vamos. Você podia nos ajudar um pouquinho?

Eddie deu de ombros.

– Já falei. Não sei onde ele está.

– Não tem a menor idéia? Nenhuma?

– A cidade é grande – disse Eddie. – A cidade é muito grande.

– Talvez ele não esteja na cidade – murmurou Pena.

Eddie piscou algumas vezes. Estava olhando direto para frente. Sentiu que a garçonete o observava.

Pena sondou com gentileza.

– Eu disse que talvez ele não esteja na cidade. Talvez esteja no interior.

– O quê? – disse Eddie. Tudo bem, disse a si mesmo. Calma, agora. Ele pode estar só chutando.

– No interior – disse Pena. – Em New Jersey, por exemplo.

É isso, pensou Eddie. Não foi um chute.

– Vamos reduzir ainda mais um pouco a área – disse Pena. – Em South Jersey.

Agora Eddie olhou para Pena. Não falou coisa alguma. A garçonete estava sentada entre os dois, quieta e tranqüila, as mãos cruzadas sobre o colo.

Morris disse, zombando um pouco, fingindo ignorância.

– O que tem em South Jersey? O que tem em South Jersey?

– Melancias – disse Pena. – Eles plantam melancias por lá.

– Melancias? – Morris estava fazendo o ingênuo. – Quem planta as melancias?

– Os fazendeiros, imbecil. Tem muitos fazendeiros em South Jersey. Um monte de sítios, plantações de melancia.

– Onde?

– O que você quer dizer com onde? Já falei, em South Jersey.

– Árvores de melancia?

– Olhem só – disse Pena para os dois passageiros da frente.– Ele acha que elas crescem em árvores. – Então falou para Morris: – Elas crescem no chão. Como alface.

– Bem, eu já vi plantações de alface, mas nunca de melancias. Por que eu nunca vi plantações de melancias?

– Você não olhou.

– Claro que olhei. Sempre olho para a paisagem. Especialmente em South Jersey. Já estive lá milhares de vezes. Em Cape May. Em Wildwood. Já rodei South Jersey inteira.

– E não viu melancias?

– Nem uma só – disse Morris.

– Você devia estar dirigindo à noite – disse Pena.

– Pode ser – disse Morris, e completou rapidamente: – Ou talvez esses sítios e fazendas fiquem afastados da estrada.

– Isso faz sentido. – Pena deu uma rápida olhada para Eddie, então ronronou: – Algumas dessas plantações ficam lá no meio do mato. Estou falando das plantações de melancia. Ficam como que escondidas por lá...

– Tudo bem, tudo bem – interrompeu a garçonete. Ela virou-se para Eddie. – De que eles estão falando?

– Nada – disse Eddie.

– Você queria que não fosse nada – disse Morris. Ela virou-se para Pena.

– O que é?

– A família dele – disse Pena. Ele olhou outra vez

para Eddie. – Conte para ela. Você bem que podia contar a ela.

– Contar o quê? – disse Eddie com calma. – O que eu tenho para contar?

– Muita coisa – disse Morris. – Quer dizer, se você estiver na jogada. – Ele empurrou o revólver um pouco para frente, com delicadeza, até que o cano quase tocasse o ombro de Eddie. – Você está na jogada?

– Ei – Eddie afastou o ombro.

– O que está acontecendo aqui? – perguntou Pena.

– Ele está com medo do berro – disse Morris.

– Claro que está com medo. Eu também. Guarde esse negócio. Se a gente bater num buraco, isso pode disparar.

– Eu quero que ele saiba...

– Ele sabe. Os dois sabem. Não precisam sentir a arma para saber que ela está aqui.

– Tudo bem – resmungou Morris. – Tudo bem, tudo bem.

A garçonete olhou de Pena para Eddie e outra vez para Pena. Ela disse:

– Bem, se ele não pode me dizer, talvez você possa...

– Sobre a família dele? – sorriu Pena. – Claro, eu tenho alguns fatos. Tem a mãe, o pai e dois irmãos. Tem esse Turley e o outro, chamado Clifton. Está certo, Eddie?

Eddie deu de ombros.

– Se você está dizendo...

– Você sabe o que acho? – disse Morris devagar. – Acho que ele está na jogada.

– Que jogada? – disparou a garçonete. – Pelo menos você podia me dar alguma idéia...

– Você vai descobrir – disse Pena. – Vai descobrir quando chegarmos na casa.

– Que casa?

— Em South Jersey – disse Pena. – Lá nas florestas, onde havia uma plantação de melancias, mas as ervas daninhas tomaram conta e agora aquilo não é mais um sítio. É só uma casa de madeira velha com muitas ervas daninhas ao redor. E depois tem a floresta. Não há outras casas em um raio de quilômetros...

— Nem estradas – acrescentou Morris.

— Pelo menos nenhuma estrada asfaltada – disse Pena. – Só trilhas de carroças que entram fundo na mata. Então só dá para ver árvores e mais árvores. E, depois de andar muito, lá está ela, a casa. Só aquela casa distante de tudo. O que eu chamaria de um cenário sombrio. – Ele olhou para Eddie. – Não temos tempo para brincadeira. Você sabe o caminho, então o que tem de fazer é me dizer como chegar lá.

— Como assim? – perguntou a garçonete. – Por que você precisa saber como chegar lá? Você descreveu a casa como se já a conhecesse.

— Nunca estive lá – disse Pena. Ele tornou a olhar para Eddie. – Me contaram sobre ela, só isso. Mas não me disseram uma coisa: como chegar lá.

— Ele vai contar a você – disse Morris.

— Claro que vai contar. O que mais ele pode fazer?

Morris cutucou o ombro de Eddie.

— Fale.

— Ainda não – disse Pena. – Espere até atravessarmos a ponte e entrarmos em Jersey. Então ele vai dizer que estradas devemos pegar.

— Talvez ele não saiba – disse a garçonete.

Pena dirigiu-se imediatamente para ela.

— Está brincando? Ele nasceu e cresceu naquela casa. Para ele é só um passeio no interior para visitar a família.

— Como voltar para casa no Dia de Ação de Graças – disse Morris. Tocou outra vez o ombro de Eddie. Dessa vez, um toque amigável. – Afinal de contas, não há lugar igual à nossa casa.

– Só que essa não é uma casa – disse Pena com suavidade. – É um esconderijo.

Capítulo sete

Agora eles estavam na Front Street, indo para o sul, na direção da ponte do rio Delaware. O tráfego estava mais pesado, com um engarrafamento ao sul da Lehigh Avenue. Além dos carros e caminhões, havia um enxamear lento de consumidores de sábado à tarde, vários deles pedestres imprudentes de cabeça baixa para se proteger do vento e da neve. O Buick andava muito devagar, e Pena buzinava o tempo todo. Morris xingava as pessoas na rua. Havia um carro muito velho e sem correntes nos pneus na frente do Buick. Também não tinha limpador de pára-brisa. Estava andando a aproximadamente vinte quilômetros por hora.

— Buzina para ele — disse Morris. — Buzina para ele outra vez.

— Ele não escuta — disse Pena.

— Buzina, droga. Não pára de buzinar para ele.

Pena apertou o aro cromado. A buzina soou e continuou tocando. No carro da frente o motorista virou-se e reclamou, mas Pena continuou a buzinar.

— Tente ultrapassar — disse Morris.

— Não posso — resmungou Pena. — A rua não é larga o suficiente.

— Tente agora. Não têm carros vindo.

Pena virou o Buick para a esquerda, saiu um pouco da sua pista e começou a passar pelo carro velho quando um caminhão de pão surgiu no rumo de uma batida de frente inevitável. Pena girou o volante e desviou bem a tempo.

— Você devia ter ido em frente — disse Morris. — Dava para passar.

Pena não disse nada.

Um grupo de mulheres de meia-idade atravessou a rua entre o Buick e o carro à sua frente. Elas pareciam ignorar completamente a existência do Buick. Pena meteu o pé no pedal do freio.

— Por que você parou? — gritou Morris. — Se elas querem ser atropeladas, atropele elas!

— Isso mesmo — disse a garçonete. — Passe por cima e faça purê com elas.

As mulheres passaram e o Buick seguiu em frente. Então um bando de crianças atravessou correndo e o Buick parou outra vez.

Morris abriu a janela do seu lado, meteu a cabeça para fora e gritou.

— Qual o problema com vocês?

— Não enche — disse uma das crianças. Era uma menina de uns sete anos.

— Eu vou quebrar esse seu pescoço — gritou Morris.

— Pode vir — cantarolou de volta a criança. — Só não pise nos meus sapatos.*

As crianças começaram a cantar aquele rock and roll, *Blue Suede Shoes*, tocando guitarras imaginárias e imitando vários artistas espalhafatosos. Morris fechou a janela, resmungando.

— Malditos delinqüentes juvenis.

— São mesmo um problema e tanto — disse a garçonete.

— Cale a boca — disse Morris.

---

* No original, *That's all right, (...) Just stay off my blue suede shoes.* (N. do T.)

Ela virou-se para Eddie.

– O problema é que não têm áreas de lazer suficientes. Isso os tiraria da rua.

– É – disse Eddie. – As pessoas deviam fazer alguma coisa. É um problema sério.

Ela virou-se para Morris.

– O que você acha disso? Tem alguma opinião?

Morris não estava ouvindo. Tinha aberto a janela outra vez e estava com a cabeça para fora, concentrado no tráfego à frente. Ele avisou a Pena.

– Agora está limpo. Vá em frente.

Pena começou a girar o volante. Então mudou de idéia e voltou para trás do outro carro. Um momento depois um táxi passou zunindo no sentido oposto. Formou um borrão amarelo ao passar.

– Você teria conseguido – reclamou Morris. – Dava tempo suficiente...

Pena não disse nada.

– Você tinha que ter ultrapassado quando teve a chance – disse Morris. – Se eu estivesse dirigindo...

– Quer o volante? – perguntou Pena.

– Eu só disse que...

– Eu vou te dar o volante – disse Pena. – Enfiado no seu pescoço.

– Não fique nervoso – disse Morris.

– Então me deixe dirigir em paz. Tudo bem?

– Claro. – Morris deu de ombros. – Você é o motorista. Sabe dirigir.

– Então fique quieto. – Pena virou-se outra vez para o pára-brisa. – Se tem uma coisa que eu sei fazer é dirigir. Ninguém pode dizer nada sobre isso pra mim. Faço o que eu quiser com um carro...

– Menos passar pelo tráfego – observou Morris.

A cabeça de Pena virou-se outra vez. Seus olhos

estavam frios e sem brilho, apontados para o homem magro e alto.

— O que você está querendo? Está tentando me irritar?

— Não — disse Morris. — Só estou puxando papo.

Pena continuou olhando para ele.

— Não preciso desse papo. Vá puxar papo com outra pessoa. Vá dizer a outra pessoa como dirigir.

Morris apontou para o pára-brisa.

— Olhe para o trânsito...

— Você insiste, não é? — Pena mudou de posição em seu assento, para ver melhor o homem no banco de trás. — Agora vou dizer uma coisa a você, Morris. Vou dizer para...

— Olhe o sinal — gritou Morris, gesticulando nervoso e indicando o pára-brisa. — Está vermelho, vermelho, está mandando parar...

O Buick estava a uns sete metros do cruzamento quando Pena tirou o pé do acelerador e pisou de leve no freio. O carro estava quase parando e Eddie olhou para a garçonete, viu que ela estava olhando de esguelha para o outro lado da rua transversal, onde um carro grande e branco da polícia estava parado ao lado de outro carro em uma área de estacionamento proibido. Eddie tinha visto a viatura policial e se perguntou se a garçonete o teria visto e se saberia o que fazer em relação a isso. Ele pensou: essa é a hora, não teremos outra oportunidade.

A garçonete moveu a perna esquerda e pisou firme no acelerador. Pedestres saíram do caminho quando o Buick passou voando pelo sinal vermelho e por pouco não bateu em um carro que ia para o oeste, então seguiu em frente rumo ao sul cruzando os trilhos dos bondes e seguindo aos pulos, pois Pena agora pisava no freio enquanto a garçonete mantinha o pé no acelerador. Um trailer que ia para o leste deu uma guinada brusca e subiu na calçada. Algumas mulheres gritaram, houve uma grande confusão na calçada, o ruído de freios e, finalmente, o apito de um policial ecoou pelo ar.

O Buick foi parado do lado sul dos trilhos do bonde. Pena ficou ali sentado, olhando de lado para a garçonete. Eddie estava observando o policial, que gritava para o motorista do trailer e o mandava sair de cima da calçada. Ninguém ficou machucado, apesar de vários pedestres estarem muito nervosos. Algumas mulheres gritavam sem coerência, apontando acusadoras para o Buick. Então, aos poucos, uma multidão começou a cercar o carro. No Buick, ninguém falava coisa alguma. A multidão aumentou em volta deles. Pena ainda estava olhando para a garçonete. Eddie deu uma olhada no retrovisor e viu que Morris estava sem chapéu. Ele o segurava nas mãos e olhava com um ar idiota para a multidão do outro lado da janela. Algumas pessoas diziam impropérios para Pena. Então a turba abriu passagem para o policial do carro preto e branco. Eddie viu que o outro policial continuava ocupado com o automóvel que estacionara em local proibido. Virou a cabeça devagar e a garçonete estava olhando para ele. Parecia que esperava que ele dissesse ou fizesse algo. Os olhos dela diziam: agora é sua vez, a partir de agora é com você. Ele apontou para si mesmo num gesto quase imperceptível, como se dissesse: tudo bem, deixa comigo, eu falo.

O policial falou baixo com Pena.

– Vamos liberar o trânsito. Encoste no meio-fio. – O Buick atravessou o resto do cruzamento devagar, o policial caminhando ao seu lado, levando o motorista para a esquina sudeste. – Desligue o motor – disse o policial para Pena. – E saia do carro.

Pena desligou o carro, abriu a porta e saiu. A multidão não parou de fazer barulho.

— Ele está bêbado. Tem que estar de cara cheia para dirigir assim — disse um homem.

— Não estamos mais em segurança. Quando saímos, arriscamos nossas vidas — gritou uma senhora de idade.

O policial aproximou-se de Pena e disse:

— Quantos?

— Só dois — respondeu Pena. — Levo o senhor até o bar e pode perguntar ao barman.

O policial examinou-o de cima a baixo.

— Tudo bem, você não está bêbado. Mas então, como explica isso?

Quando Pena ia abrir a boca para responder, Eddie interrompeu-o abruptamente e disse:

— Ele sempre se enrola no trânsito. — Virou-se, então, para a garçonete e acrescentou: — Não precisamos disso. Vamos pegar um bonde.

— É o melhor que vocês fazem — disse o policial quando eles saíam do carro. Do banco de trás, Morris gritou:

— Nos vemos depois, Eddie. — E por um instante houve uma indecisão. Eddie deu uma olhada para os policiais, pensando: quer dizer aos tiras o que está acontecendo? Você acha que vai ser melhor assim: não, resolveu. Acho que vai ser melhor desse jeito.

— Até depois — disse Morris quando eles se afastavam por entre a multidão. A garçonete parou e olhou de volta para Morris.

— Isso. Telefone. — Ela acenou para o homem alto e magro no Buick. — Vamos ficar esperando.

Eles continuaram andando por entre a multidão. Então caminharam para o norte na Front Street. A neve tinha parado um pouco. Agora estava um pouco mais quente, e o sol tentava sair de trás das nuvens. Mas o vento não amainara, ainda mordia, e, pensou Eddie: ainda vai nevar mais, esse céu é de tempo muito instável. Talvez uma tempestade de neve esteja vindo por aí.

Ouviu a garçonete dizer:

— Vamos sair dessa rua.

— Eles não vão voltar por aqui.

— Quem sabe?

— Acho que não vão — disse ele. — Quando aquele tira terminar, vão estar cansados demais. Acho que vão a um cinema, um banho turco ou alguma outra coisa. Já foi o suficiente para eles por um dia.

— Ele disse que nos via depois.

— Você deu uma boa resposta. Disse que estaríamos esperando. Isso vai dar a eles algo para pensar. Vão mesmo pensar sobre isso.

— Por quanto tempo? — Ela olhou para ele. — Quanto tempo até que eles tentem outra vez?

Ele fez um gesto com as mãos.

— Quem sabe? Por que se preocupar?

Ela imitou seu gesto, seu tom indiferente.

— Bem, talvez você esteja certo. Exceto por um pequeno detalhe. Aquilo que ele carregava não era uma pistola d'água. Se eles vierem procurar por nós, isso é motivo para nos preocuparmos.

Ele não disse nada. Agora estavam andando um pouco mais rápido.

— Então? — disse ela, e ele não respondeu. Ela disse outra vez. Estava olhando para o rosto dele à espera de uma resposta. — E então? — perguntou ela, e segurou o braço dele. Os dois pararam e ficaram de frente um para o outro.

— Agora olhe aqui — disse ele, e deu um leve sorriso. — Isso não é problema seu.

Ela passou todo o peso do corpo para uma perna, pousou a mão no quadril e disse:

– Não estou entendendo direito.

– É bastante simples. Só estou repetindo o que você disse ontem à noite. Achei que você estava falando sério. De qualquer jeito, eu esperava que estivesse.

– Em outras palavras – ela respirou fundo: – Você está me dizendo para cuidar da minha própria vida.

– Bem, eu não diria assim....

– Por que não? – Ela elevou um pouco a voz. – Não seja tão educado.

Ele olhou além dela, o sorriso muito suave.

– Não vamos ficar nervosos...

– Você é educado demais – disse ela. – Você quer dizer alguma coisa? Então diga. Não precisa ficar fazendo rodeios.

O sorriso dele desapareceu. Tentou construí-lo outra vez. Não conseguiu. Não olhe para ela, disse a si mesmo. Se olhar, vai começar tudo de novo, como ontem à noite, naquela rua, quando ela estava perto de você.

Ela está perto agora, pense nisso. Ela está muito perto. Ele deu um passo para trás e continuou olhando para além dela, então escutou-se dizendo:

– Não preciso disso.

– Precisa de quê?

– Nada – murmurou. – Deixa correr.

– Tudo bem.

Ele estremeceu. Deu um passo na direção dela. O que está fazendo? Perguntou a si mesmo. Então sacudiu a cabeça para ver se clareava as idéias. Não adiantou, apenas sentiu-se muito tonto. Ele a ouviu dizer:

– Bem, eu pelo menos podia conhecer a pessoa com quem estou correndo.

– Agora não estamos correndo – disse ele, e tentou

convencer a si mesmo disso. Ele sorriu para ela. – Só estamos aqui de pé jogando conversa fora.

– É isso mesmo?

– Claro – disse ele. – É isso. O que mais poderia ser?

– Eu não tenho idéia. – O rosto dela não tinha qualquer expressão. – Quer dizer, a menos que me contem as coisas.

Vou deixar essa passar, ele disse a si mesmo. Melhor deixar passar. Mas olhe para ela, está esperando. Aliás, é mais que isso. Ela está ansiosa. Ansiosa para que você diga algo.

– Vamos andando – disse ele. – Ficar aqui não vai dar em nada.

– Você está certo – disse ela com um pequeno sorriso. – Sem dúvida não está nos levando a lugar algum. Vamos, vamos andando.

Eles tornaram a andar para o norte na Front Street. Agora caminhavam devagar e em silêncio. Seguiram por várias quadras sem falar e então ela parou outra vez e disse para ele:

– Desculpa, Eddie.

– Desculpa? Por quê?

– Por me intrometer. Eu devia ter mantido meu nariz grande fora disso.

– Seu nariz não é grande. É do tamanho certo.

– Obrigada – disse ela. Eles estavam em frente a um mercado barato. Ela olhou para a vitrine. – Acho que vou fazer umas compras...

– É melhor eu ir com você.

– Não – disse ela. – Posso fazer isso sozinha.

– Bem, eu estou falando para o caso de eles...

– Olhe, você me disse que não havia com que me preocupar. Disse que eles iriam ao cinema ou a um banho turco...

– Ou para o Woolworth's – interrompeu ele. – Os dois podem entrar neste Woolworth's.

– E se eles entrarem? – Ela ergueu de leve os ombros. – Não estão atrás de mim. Eles querem é você.

– Ah, então assim fica tudo bem. – Ele sorriu para ela. – Só que não está nada bem. Marcaram você. Eles a ligaram a mim. Como se fôssemos uma equipe...

– Uma equipe – ela afastou os olhos dele. – Que time! Você não me diz nem o placar.

– De quê?

– South Jersey. Essa casa na floresta. Sua família...

– O placar aí é zero – disse ele. – Não tenho a mínima idéia do que está acontecendo lá.

– Nem mesmo uma idéia? – ela o olhou de esguelha.

Ele não respondeu. Pensou: o que posso dizer a ela? Que diabos posso dizer a ela se não sei nada?

– Bem – disse ela –, seja lá o que for, você, sem dúvida, escondeu daquele tira. Quero dizer, o jeito que você agiu, sem mencionar o revólver. Para manter a lei fora disso. Ou, diríamos, para manter sua família longe da lei. É algo por aí?

– É – disse ele –, é por aí.

– Mais alguma coisa?

– Nada – disse ele. – Eu não sei mais nada.

– Tudo bem – disse ela. – Tudo bem, Edward.

Fez-se um jato de silêncio. Como se uma válvula se abrisse e liberasse o silêncio.

– Ou é Eddie? – perguntou-se ela em voz alta. – Bem, agora é Eddie. Eddie no velho piano, no Hut. Mas há alguns anos era Edward...

Ele acenou a mão para o lado, implorando a ela que parasse.

– Era Edward Webster Lynn – disse ela. – Que tocou no Carnegie Hall.

Ela virou-se e entrou no mercado.

Capítulo oito

Então aí está, disse ele para si mesmo. Mas como ela soube? Quem contou a ela? Acho que devíamos examinar isso. Ou talvez nem precise de um exame. É claro que ela se lembrou de algo. Deve ter lembrado de cara. Quer dizer, normalmente é assim que acontece. O nome, o rosto e a música chegam de repente. Ou a música, o nome e o rosto. Tudo misturado, juntos desde muitos anos atrás.

Quando ela soube? Ela trabalhava no Hut há quatro meses, seis noites por semana. Até a noite passada, mal sabia que você estava vivo. Então vamos dar uma olhada nisso. Aconteceu algo ontem à noite? Você tocou alguma coisa especial naquelas teclas? Talvez um ou outro compasso de Bach? Ou Brahms, ou Schumann ou Chopin? Não. Você sabe quem contou a ela. Foi Turley.

É claro que foi Turley, quando começou com aquela conversa mole delirante, quando pulou e fez aquele discurso sobre gosto musical e o estado deprimente da cultura nos Estados Unidos nos dias de hoje, dizendo que você não devia estar no Hut, que era o lugar errado, o piano errado, o público errado. Ele berrou que devia ser um teatro, uma sala de concertos, com o piano de cauda reluzente, os diamantes reluzindo nos pescoços brancos e os peitilhos engomados nas poltronas de sete dólares e cinqüenta junto da orquestra. Foi isso que a atingiu.

Mas espere um minuto. Há algo estranho nessa história. Como ela foi parar no Carnegie Hall? Ela não tem jeito de quem gosta de clássicos, pela maneira de falar é da escola do piano de bar. Ou não, você não sabe de que escola ela é, na verdade. A maneira de falar de uma pessoa tem pouco ou nada a ver com a formação dela. Você devia saber isso. Escute só a sua maneira de falar.

Estou falando sobre a maneira de falar de Eddie. Ele usa palavras erradas como "pra", "ver ela", "não vai a lugar nenhum" e por aí vai. Você sabe que Edward nunca falou assim. Edward era educado, um artista, e tinha uma maneira culta de falar. Acho que tudo depende de onde você está, o que está fazendo e as pessoas com quem está andando. O Hut está a uma enorme distância do Carnegie Hall. *Sim*. E é um fato consumado que Eddie não tem qualquer ligação com Edward. Você cortou todos os laços há muito tempo. Foi uma ruptura limpa.

Então por que você está voltando a isso? Por que remexer nisso? Bem, pode só olhar para as coisas. Olhar não machuca. Machuca? Está brincando? Você já pode sentir a dor, como se estivesse acontecendo outra vez. Do jeito que aconteceu antes.

Foi nas profundezas das florestas de South Jersey, na casa de madeira que dava para a plantação de melancias. Sua primeira infância passou-se mais no lado passivo. Como o mais jovem de três irmãos, era mais ou menos um espectador pequeno e intrigado, incapaz de entender o caráter de Clifton ou a patifaria de Turley. Eles sempre estavam procurando encrenca, e quando não estavam inventando alguma em casa, saíam para aprontar pela vizinhança. A especialidade deles era galinha. Eram especialistas em roubar galinhas. Ou às vezes tentavam um leitão. Raras vezes foram pegos. Eles conseguiam evitar os problemas ou resolvê-los com os punhos, e algumas vezes, quando estavam no auge da adolescência, com tiros.

A mãe os chamava de encrenqueiros, então dava de ombros e deixava para lá. Era uma mulher que vivia a dar de ombros, que tinha perdido a energia aos vinte e poucos anos, rendendo-se à rotina do sítio, às ervas daninhas, insetos e fungos que reduziam todos os anos a safra de melancias. O pai nunca se preocupava com coisa alguma. Era um beberrão preguiçoso, lânguido e sorridente. Tinha uma enorme resistência para o álcool.

O pai também tinha outro dom. Sabia tocar piano. Dizia ter sido uma criança prodígio. Claro que ninguém acreditava nele. Mas às vezes, sentado no velho piano de armário na sala miserável, sem sequer um tapete, fazia algumas coisas impressionantes com as teclas.

Em outras ocasiões, quando sentia vontade, ensinava música para Edward, que tinha cinco anos, um menino calado que ficava longe de seus irmãos delinqüentes como se sua vida dependesse disso. Na verdade, isso estava longe de ser verdade. Eles nunca batiam nele. Implicavam de vez em quando, mas na maior parte do tempo o deixavam em paz. Nem notavam quando ele estava por perto. O pai sentia um pouco de pena de Edward, que vagava pela casa como uma criatura da floresta que tivesse entrado ali por engano.

As lições de música passaram de uma para duas vezes por semana e, depois, para todos os dias. O pai tomou consciência de que algo estava acontecendo ali, algo realmente muito incomum. Quando Edward tinha nove anos, tocou para um grupo de professores na escola que ficava a dez quilômetros. Quando tinha quatorze, vieram umas pessoas de Filadélfia para ouvi-lo tocar. Eles o levaram para Filadélfia, deram-lhe uma bolsa no Curtis Institute of Music.

Aos dezenove, ele deu seu primeiro concerto em um pequeno auditório. Não havia muito público, e a maior parte das pessoas tinha ingressos de cortesia. Mas uma delas era um homem de Nova York, empresário de vários concertistas, chamado Eugene Alexander.

O escritório de Alexander ficava na 57th Street, a poucas portas do Carnegie Hall. Era uma sala pequena, e a lista de clientes também era reduzida. Mas os móveis eram extremamente caros, e os clientes eram todos grandes nomes ou artistas a caminho de se tornar grandes nomes. Quando Edward assinou com Alexander, lhe explicaram que era apenas uma gota em uma enorme piscina.

– E francamente – disse Alexander –, devo contar a você sobre as dificuldades nesse campo. Nesse campo, a competição é feroz, absolutamente selvagem. Mas se você estiver realmente disposto...

Ele estava mais que disposto. Seus olhos brilhavam, estava ansioso por começar. Começou no dia seguinte, estudando com Gelensky, as aulas pagas por Alexander. Gelensky era um homenzinho de sorriso doce, completamente calvo, o rosto marcado com tantas rugas que parecia um duende. E, como Edward logo descobriu, os sorrisos doces se pareciam mesmo com sorrisos de duende, pois escondiam uma tendência perversa para ignorar o fato de que os dedos são de carne e osso, que os dedos se cansam.

– Você não pode ficar cansado nunca – dizia o homenzinho, com o sorriso doce. – Quando as mãos começam a suar, isso é bom. O suor escorrendo é o fluxo do progresso.

Ele suou muito. Às vezes, seus dedos ficavam tão duros à noite que parecia que ele estava usando talas. Noites em que seus olhos ardiam após o esforço de sete, oito, nove horas diante das teclas. As notas nas partituras se dissolvendo em uma névoa. E noites de autoquestionamento, dúvida, desânimo. Será que vale a pena? Ele se perguntava. É trabalho, trabalho e mais trabalho. E ainda muito trabalho pela frente. Tanto a aprender. Ai, Deus, isso é difícil, muito difícil. É ficar trancado nessa sala o tempo inteiro, e mesmo se quisesse sair, não poderia. Está cansado demais. Mas você devia sair. Pelo menos para pegar um pouco de ar fresco. Ou dar uma caminhada no Central Park. É muito agradável o Central Park. É, mas lá não tem piano. O piano fica aqui, nesta sala.

Era um apartamento no porão da 76th Street, entre as avenidas Amsterdam e Columbus. O aluguel era cinqüenta dólares por mês, e o dinheiro para pagá-lo vinha de Alexander. O dinheiro para comida, roupa e outras despesas também vinha de Alexander. E para o piano. E para a vitrola e os vários discos de concertos e sonatas. Alexander pagava tudo.

Será que ele vai recuperar isso?, perguntava-se Edward. Será que eu tenho o que ele acredita que tenho? Bem, logo vamos descobrir. Gelensky não tem pressa. Ainda nem mencionou sua estréia em Nova York. Você já está com Gelensky há dois anos e ele ainda não disse uma palavra sobre um concerto. Nem mesmo um recital pequeno. O que isso significa? Bem, você pode perguntar a ele. Quer dizer, se não tiver medo de perguntar a ele. Mas acho que você está com medo. No fundo, acho que você tem medo de que ele diga sim e então chegue a hora do teste, a prova de fogo aqui em Nova York.

Porque Nova York não é Filadélfia. Esses críticos de Nova York são muito mais duros. Olhe o que eles fizeram semana passada com Herbenstein. E Herbenstein estudou com Gelensky por cinco anos. E Herbenstein também é representado por Alexander. Será que isso prova alguma coisa?

Pode ser. Pode mesmo ser. Podia provar que apesar de um grande professor e um empresário eficiente e dedicado, se o artista simplesmente não tivesse o que era necessário, não conseguiria alcançar o nível exigido. Pobre Herbenstein. Eu me pergunto o que ele fez no dia seguinte, quando leu as matérias. Provavelmente chorou. Claro que chorou. Coitado. Você espera tanto por essa única chance, deposita tantas esperanças nela, e quando vê está tudo acabado e você foi destruído, acabaram com você. Mas agora acho que você está ficando nervoso. Não há razão para ficar nervoso. Seu nome é Edward Webster Lynn, você é um concertista, você é um artista.

Três semanas depois Gelensky disse a ele que em breve faria sua estréia em Nova York. No meio da semana seguinte, na sala de Alexander, ele assinou um contrato para um recital. Era um recital de uma hora no pequeno auditório de um pequeno museu de arte na parte superior da Quinta Avenida. Ele voltou para seu quartinho no porão embriagado de excitação e júbilo. Lá encontrou o envelope e o abriu, e então viu o aviso mimeografado. Vinha de Washington. Ele devia apresentar-se na mais próxima junta de alistamento militar.

Foi classificado como recruta de categoria 1-A. Eles estavam com pressa, e por isso seria inútil ensaiar para o recital. Ele foi até South Jersey, passou um dia com seus pais, que contaram a ele que Clifton fora ferido no Pacífico e Turley estava em algum lugar das ilhas Aleutas com o batalhão de engenharia aérea da marinha. A mãe dele preparou um belo jantar e seu pai o obrigou a tomar uma bebida "para dar sorte". Ele voltou para Nova York, então foi para um campo de treinamento no Missouri, e de lá foi mandado para a Birmânia.

Serviu em batalhão de elite, os *Merrill's Marauders*. Foi ferido três vezes. A primeira vez, recebeu um estilhaço na perna. Depois, uma bala no ombro. A última vez, feridas múltiplas de baioneta nas costelas e no abdômen, e no hospital duvidaram que ele fosse sobreviver. Mas estava com muita gana de conseguir. Pensava em voltar para Nova York, para o piano, para a noite em que poria uma gravata para encarar a platéia do Carnegie Hall.

Quando voltou para Nova York, soube que Alexander tinha morrido de problemas nos rins e que uma universidade no Chile tinha oferecido um importante cargo de professor para Gelensky. Eles não estão mesmo mais aqui?, perguntou aos céus e às ruas de Manhattan quando caminhou sozinho e sentiu a dor de saber que era verdade, que não estavam mais lá mesmo.

Bem, é melhor começar. Primeiro, precisamos encontrar um agente novo.

Ele não conseguiu encontrar um agente. Na verdade, os agentes não o quiseram. Alguns foram educados, outros gentis, e disseram desejar poder ajudar, mas havia pianistas demais, o campo estava saturado...

Outros eram duros, outros realmente brutais. Sequer se davam ao trabalho de anotar o nome dele em uma ficha. Fizeram questão que soubesse que era desconhecido, um ninguém.

Ele continuou tentando. Disse a si mesmo que era impossível continuar daquele jeito para sempre e que, cedo ou tarde, teria uma oportunidade, haveria alguém interessado o suficiente para dizer: "Tudo bem, tente Chopin. Deixe-me ouvi-lo tocar Chopin".

Mas nenhum deles estava interessado, nem um pouquinho. Ele não era grande coisa como vendedor. Não conseguia falar sobre si mesmo, não conseguia fazer com que as pessoas soubessem que Eugene Alexander tinha ido ao seu primeiro recital e assinado contrato com ele, incluindo-o em uma lista com alguns dos melhores, e Gelensky dissera: "Não, eles não vão aplaudir. Vão ficar ali sentados, estupefatos. A sua maneira de tocar faz de você um mestre do *pianoforte*. Você acha que existem muitos? Neste mundo, segundo meus últimos cálculos, há nove. Exatamente nove".

Não conseguia citar Gelensky. Às vezes, tentava descrever sua própria habilidade, a consciência de seu próprio talento, mas as palavras não saíam. O talento estava todo em seus dedos, e tudo o que conseguia dizer era:

– Se você me deixar tocar...

E era dispensado.

Continuou assim por mais de um ano e, enquanto isso, trabalhou em vários empregos. Foi expedidor no cais, motorista de caminhão, trabalhou na construção civil. E ainda teve outros empregos que duraram por apenas algumas semanas ou poucos meses. Não porque ele fosse preguiçoso ou chegasse sempre atrasado, ou por lhe faltarem músculos. Quando o demitiram pela primeira vez, disseram que tinha sido, principalmente, por ser "distraído" e "esquecido". Ou, como alguns com maior percepção comentavam: "Só metade de você está aqui. Sua cabeça está em outro lugar".

Mas a Cruz Púrpura com duas estrelas afinal rendeu alguma coisa, e o dinheiro de sua pensão era suficiente para um quarto maior e depois um apartamento, e, finalmente, um apartamento grande o suficiente para ser chamado de estúdio. Ele comprou um piano a prestação e pendurou uma placa na porta que dizia apenas: "Professor de Piano".

Cinqüenta centavos a aula. Eles não podiam pagar mais. Eram, em sua maioria, porto-riquenhos que viviam nos prédios vizinhos na área oeste das ruas 90.

Uma delas era uma garota chamada Teresa Fernandez, que trabalhava à noite atrás do balcão de uma lojinha de sucos perto de Times Square. Ela tinha dezenove anos e era viúva de guerra. O nome dele era Luís e ele explodiu em pedaços em um grande cruzador durante algum combate no Mar de Coral. Não tinham filhos, e agora ela morava sozinha em um apartamento de frente no quarto andar na 93rd Street. Era uma garota quieta, uma estudante de música dedicada e perseverante, e não tinha qualquer talento musical.

Depois de várias aulas, ele viu que não tinha jeito e disse a ela para parar de desperdiçar dinheiro. Ela disse que não ligava para o dinheiro, e se o *mister* Leen não se incomodasse, ficaria grata em fazer mais aulas.

– Talvez com mais aulas eu aprenda algo. Sei que sou burra, mas...

– Não fale isso – disse ele. – Você não tem nada de burra. Só que...

– Gosto dessas lições, *mister* Leen. É uma boa maneira de passar as tardes.

– Você gosta mesmo de piano?

– Gosto, gosto. Muito.

Em seus olhos reluzia uma certa avidez, e ele sabia o que era aquilo, sabia que nada tinha a ver com música. Ela desviou os olhos, piscando com força e tentando esconder, então mordeu o lábio, como para se repreender por deixar aquilo transparecer. Estava envergonhada e em um silêncio apologético, os ombros um pouquinho caídos, a garganta esguia se contraindo enquanto engolia as palavras que não ousava pronunciar. Ele disse a si mesmo que ela era muito agradável, muito doce e, também, solitária. Era evidente que era terrivelmente solitária.

Seus traços e seu corpo estavam mais para o frágil, e ela tinha um jeito gracioso de andar. Sua aparência era mais castelhana que caribenha. O cabelo de um âmbar suave, os olhos âmbar e a pele de um branco perolado, do tipo que as pessoas tentam comprar em salões de beleza caros. Teresa recebera aquilo de algum ancestral remoto, antes que viessem da Espanha. Havia um traço de nobreza autêntica no formato e na cor de seus lábios. É, isso é mesmo de verdade, concluiu ele, e se perguntou por que nunca percebera aquilo antes. Até aquele momento, ela havia sido apenas mais uma garota que queria aprender piano.

Três meses mais tarde eles se casaram. Ele a levou a South Jersey para conhecer a família e, antes, disse exatamente a ela o que esperar, mas no fim as coisas foram agradáveis em South Jersey. Foi especialmente agradável porque os irmãos não estavam lá para fazer barulho e observações obscenas. Clifton estava envolvido em alguma espécie de trabalho que exigia que viajasse muito. Turley era estivador no porto de Filadélfia. Eles não iam em casa havia mais de um ano. Turley mandava um postal a cada dois, três meses, mas não havia notícias de Clifton, e a mãe disse a Teresa:

— Ele devia pelo menos escrever. Você não acha que ele devia escrever?

Era como se Teresa fizesse parte da família há anos. Estavam à mesa e a mãe tinha assado um ganso. Era um jantar muito especial, e o pai tornou-o ainda mais especial ao aparecer com o cabelo penteado, uma camisa bem lavada e unhas limpas. E ele passou o dia inteiro sem beber. Mas depois do jantar recomeçou e, em poucas horas, tinha consumido mais da metade da garrafa. Ele piscou para Teresa e disse:

— Você é uma garota danada de bonita. Venha aqui me dar um beijo.

Ela sorriu para o sogro e disse:

— Para comemorar a felicidade? — e foi até ele e o beijou. Ele deu outro gole na garrafa, piscou para Edward e disse:

— Você arranjou uma coisinha e tanto. Agora tem que fazer tudo para não perder ela. Nova York é uma cidade muito rápida...

Eles voltaram para o apartamento no porão na 93rd Street. Ele continuou dando aulas de piano e Teresa continuou na lojinha de sucos. Depois de algumas semanas, pediu a ela que deixasse o emprego. Disse que não gostava daquela rotina de trabalho noturno. Aquele era um local que o deixava preocupado, explicou, alegando que, apesar de ela nunca ter tido problema com os gaviões de Times Square, sempre havia essa possibilidade.

— Mas sempre tem um policial por lá — argumentou ela. — Os policiais protegem as mulheres...

— Mesmo assim — disse ele —, conheço vários lugares mais seguros que o Times Square à noite.

— Que lugares?

— Bem, como...

— Como aqui? Com você?

Ele resmungou:

— Quando você não está aqui, é como se eu ficasse com uma venda nos olhos.

— Você gosta de me ver o tempo todo? Precisa tanto assim de mim?

Ele levou os lábios até a testa dela.

— É mais que isso. É tanta coisa mais...

Ela deixou o emprego em Times Square e encontrou trabalho de nove às cinco em uma cafeteria na 86th Street, perto da Broadway. Era um lugarzinho simpático, com uma atmosfera geralmente agradável, e às vezes ele ia até lá almoçar. Eles brincavam de cliente e garçonete, fingindo que não se conheciam, e ele tentava convencê-la a encontrar-se com ele. Então um dia, quando ela já trabalhava lá havia meses, estavam brincando de cliente e garçonete e ele sentiu uma interrupção, uma espécie de intromissão.

Era um homem em uma mesa próxima. Estava observando e sorrindo para os dois. Para ela?, perguntou-se ele, e olhou desafiador para o homem. Mas então ficou tudo certo e disse a si mesmo: sou eu, ele está sorrindo para mim. Como se me conhecesse...

Então o homem se levantou, aproximou-se e se apresentou. O nome dele era Woodling. Ele era um empresário musical e é claro que se lembrava de Edward Webster Lynn.

– Claro – disse Woodling quando Edward se apresentou. – Você esteve em meu escritório há cerca de um ano. Na época, eu estava ocupado demais e não pude dar muita atenção a você. Desculpe-me, fui um tanto rude.

– Tudo bem. Eu sei como são as coisas.

– Não devia ser assim – disse Woodling. – Mas essa é uma cidade tão frenética, e há tanta competição.

– Os senhores gostariam de almoçar? – disse Teresa.

Seu marido sorriu para ela, tomou-a pela mão e a apresentou a Woodling, e então explicou a brincadeira de cliente-garçonete. Woodling riu e disse que era uma brincadeira maravilhosa, onde sempre havia dois ganhadores.

– Porque nós dois ganhamos o prêmio? – perguntou Teresa.

– Principalmente o cliente – disse Woodling, gesticulando na direção de Edward. – Ele é um homem de muita sorte. Você é realmente um prêmio, querida.

– Obrigada – murmurou Teresa. – É muita gentileza de sua parte.

Woodling insistiu em pagar o almoço. Convidou

o pianista para visitá-lo em seu escritório. Marcaram uma reunião à tarde naquela mesma semana. Quando Woodling saiu da cafeteria, o pianista ficou ali sentado com a boca um pouco aberta.

– O que foi? – perguntou Teresa.

– Não consigo acreditar – disse ele. – Não consigo...

– Ele arrumou um emprego para você?

– Um emprego, não. É uma chance. Nunca achei que isso fosse acontecer. Tinha perdido as esperanças.

– É alguma coisa importante.

Ele balançou a cabeça lentamente.

Três dias depois, entrou no prédio de escritórios na 57th Street. O mobiliário era discreto e elegante, as salas, grandes. O escritório particular de Woodling era muito grande, e exibia vários quadros a óleo. Havia um Matisse, um Picasso e vários Utrillo.

Eles tiveram uma longa conversa, então foram para uma sala de música e Edward sentou-se a um piano Baldwin de mogno. Tocou um pouco de Chopin, um pouco de Schumann e uma peça extremamente difícil de Stravinsky. Ficou no piano exatos 42 minutos.

– Com licença – disse Woodling, que saiu da sala e voltou com um contrato.

Era um contrato-padrão que não oferecia qualquer garantia. Apenas estipulava que por um período não inferior a três anos o pianista seria representado e agenciado por Arthur Woodling. Mas isso era como começar a subir uma escada coberta de pedras preciosas. No meio da música clássica, o nome Woodling chamava instantaneamente a atenção de costa a costa, de hemisfério a hemisfério. Ele era um dos maiores.

Woodling tinha 47 anos. Era de estatura mediana e magro, e parecia cuidar muito bem de si mesmo. Tinha uma compleição saudável. Os olhos eram claros e mostravam que ele não trabalhava madrugada adentro. Tinha cabelos negros encaracolados e curtos, rajados de branco, e totalmente brancos nas têmporas. Seus traços eram finamente esculpidos, com exceção do lado esquerdo de seu queixo. Era um pouco fora de centro, lembrança de um interlúdio romântico ocorrido havia quinze anos, quando uma soprano terminara o relacionamento deles durante uma turnê na América do Sul. Ela usara um pesado suporte de livros de bronze para quebrar seu queixo.

Na tarde da cerimônia de assinatura do contrato com Edward Webster Lynn, o empresário usava um colarinho impecavelmente engomado com uma gravata cinza comprada na Espanha. Suas abotoaduras eram enfaticamente espanholas, de prata, em forma oblonga com a gravação de elmos de conquistadores. O tema espanhol, em particular e nas abotoaduras, tinha sido especialmente escolhido para a ocasião.

Sete meses mais tarde, Edward Webster Lynn fez sua estréia em Nova York. Foi no Carnegie Hall. Eles gritaram pedindo bis. Depois foi Chicago, e então outra vez Nova York. E depois de sua primeira turnê costa a costa, eles queriam que ele fosse tocar na Europa.

Na Europa, deixou-os na ponta dos pés gritando "bravo" até ficarem roucos. Em Roma, mulheres jogaram flores no palco. Quando voltou para o Carnegie Hall, os ingressos estavam esgotados com três meses de antecedência. Durante aquele ano, quando tinha 25, se apresentou quatro vezes no Carnegie Hall.

Em novembro fez uma apresentação na Academia de Música na Filadélfia. Tocou o concerto de Grieg e o público ficou histérico, alguns choraram, e um certo crítico ficou atônito e terminou sem fala. Mais tarde, naquela noite, Woodling deu uma festa na sua suíte no quarto andar do hotel Town-Casa. Alguns minutos depois da meia-noite, Woodling foi até o pianista e disse:

— Onde está Teresa?
— Disse que estava cansada.
— De novo?
— É – disse baixinho. – De novo.

Woodling deu de ombros.

— Talvez ela não goste dessas festas.

O pianista acendeu um cigarro. Segurou-o sem jeito. Um garçom se aproximou com uma bandeja e copos de champanhe. O pianista esticou a mão para pegar um copo, mudou de idéia e deu um trago suave no cigarro. Soltou a fumaça por entre os dentes, olhou para o chão e disse:

— Não são as festas, Arthur. Ela está cansada o tempo inteiro. Ela...

Houve outro longo período de silêncio, então Woodling disse:

— O que foi? Qual o problema?

O pianista não respondeu.

— Talvez seja cansaço por viajar, morar em hotéis...
— Não – disse um tanto rude. – Sou eu.
— Brigas?
— Quem dera fossem brigas. É algo pior. Muito pior.
— Você quer conversar sobre isso? – perguntou Woodling.
— Não vai adiantar.

Woodling tomou seu braço e o conduziu para fora da sala, para longe do aglomerado de gravatas brancas e vestidos de noite. Eles entraram numa sala menor. Estavam sozinhos ali, e Woodling falou:

— Quero que você me conte. Conte tudo.
— É um assunto pessoal...

– Você precisa de conselhos, Edward. Não posso fazer isso se você não me contar.

O pianista olhou para baixo, para a ponta de cigarro. Sentiu o fogo perto de seus dedos. Dirigiu-se a uma mesa, amassou a guimba no cinzeiro, virou-se e encarou o empresário.

– Ela não me quer.

– Olhe, eu acho...

– Você não acredita? Eu também não acreditei. Não podia acreditar.

– Edward, isso é impossível.

– É, eu sei. É isso que venho dizendo a mim mesmo há meses. – Então ele fechou os olhos bem apertados. – Meses? Há mais de um ano...

– Sente-se.

Ele caiu em uma cadeira. Olhou fixamente para o chão e disse:

– Começou devagar. Primeiro era quase imperceptível, como se ela estivesse tentando esconder. Como... se lutasse contra alguma coisa. Então aos poucos começou a se revelar. Quero dizer, estávamos conversando e ela se virava e saía da sala. Chegou ao ponto de eu tentar abrir a porta e encontrá-la trancada. Eu chamava por ela, que não respondia. E do jeito que tudo está agora... Bem, está tudo acabado, só isso.

– Ela disse a você?

– Não com tantas palavras.

– Então talvez...

– Ela esteja doente? Não, ela não está doente. Isso não é uma doença que possa ser tratada. Se é que você compreende o que estou dizendo.

– Sei o que está dizendo, mas ainda não posso acreditar...

– Ela não me quer, Arthur. Ela apenas não me quer, só isso.

Woodling caminhou em direção à porta.
— Aonde você vai? — perguntou o pianista.
— Pegar uma bebida para você.
— Não quero uma bebida.
— Mas vai beber — disse Woodling. — Um duplo.

O empresário saiu da sala. O pianista ficou sentado inclinado para a frente, o rosto escondido entre as mãos. Ficou assim por alguns instantes. Então ergueu-se e ficou em pé. Sua respiração estava difícil.

Saiu da sala, desceu o hall e foi até a escada. A suíte deles era no sétimo andar. Ele subiu os três andares com uma velocidade que o deixou sem fôlego quando entrou na sala de estar.

Ele chamou o nome dela. Não houve resposta. Atravessou a sala e foi até a porta do quarto. Tentou abri-la e estava aberta.

Ela estava sentada na beira da cama, vestindo um robe. Tinha uma revista no colo. Estava aberta, mas não olhava para ela. Estava olhando para a parede.

— Teresa...

Ela continuou olhando para a parede.

Ele se aproximou dela e disse:

— Vista-se.
— Para quê?
— A festa — disse ele. — Quero que você vá na festa.

Ela sacudiu a cabeça.

— Teresa, escute...

— Por favor, vá embora — disse ela. Ainda estava olhando para a parede. Ela ergueu a mão e fez um gesto na direção da porta. — Vá...

— Não — disse ele. — Desta vez, não.

Então ela olhou para ele.

— O quê? — seus olhos estavam sem expressão. — O que você disse?

– Eu disse que desta vez, não. Desta vez vamos conversar sobre isso. Precisamos saber o que está acontecendo.

– Não tem...

– Pare com isso – interrompeu ele e se aproximou mais. – Já chega. O mínimo que você pode fazer é me contar...

– Por que está gritando? Você nunca grita comigo. Porque está gritando agora?

– Desculpe – falou em um sussurro pesado. – Eu não queria...

– Tudo bem. – Ela sorriu para ele. – Você tem o direito de gritar. Tem todo o direito.

– Não diga isso – ele estava se virando para o outro lado, a cabeça baixa. Ouviu-a dizer:

– Eu deixo você infeliz, não? Não gosto de fazer isso. Eu tento não fazer, mas quando escurece, é impossível deter as sombras.

– O que é isso? – virou-se abruptamente e a encarou. – O que você quis dizer com isso?

– Quero dizer... quero dizer... – mas logo ela sacudiu a cabeça e virou-se outra vez para a parede. – São sombras e escuridão o tempo inteiro. Está cada vez mais escuro. Não consigo ver o caminho, não consigo ver uma saída.

Ela está tentando me contar algo, pensou. Está se esforçando, mas não consegue me contar. Por que não pode me contar?

– Acho que há uma coisa que posso fazer – disse ela. – Só uma coisa.

Ele sentiu uma frieza naquele quarto.

– Vou dizer adeus. Vou embora...

– Teresa, por favor...

Ela se levantou e andou em direção à parede. Então

virou-se e o encarou. Estava calma. Uma calma horrível. Sua voz era um som baixo, sem tom, quase um sussurro. Então ela disse:

— Tudo bem, vou contar a você.

— Espere — ele agora estava com medo.

— Você precisa saber — disse ela. — É sempre certo explicar, fazer a confissão.

— Confissão?

— Fiz uma coisa ruim...

Ele piscou.

— Uma coisa muito ruim. Cometi um erro terrível. — Então um certo brilho surgiu em seus olhos. — Mas agora você é um pianista famoso, e fico feliz por isso.

Isso não está acontecendo, disse ele para si mesmo. Não pode estar acontecendo.

— É, por isso fico satisfeita pelo que fiz — disse ela —, para conseguir a chance que você queria. Foi o único jeito de conseguir essa oportunidade para você, de levá-lo ao Carnegie Hall.

Houve um som sibilante. Era a respiração dele.

— Woodling — disse ela.

Ele fechou e apertou bem os olhos.

— Foi na mesma semana em que ele assinou o contrato com você — continuou ela. — Alguns dias depois. Ele foi até a cafeteria, mas não para tomar café ou almoçar.

Houve outro ruído sibilante. Estava mais alto.

— Fez uma proposta de negócios — disse ela.

Tenho de sair daqui, disse ele para si mesmo. Não consigo ouvir isso.

— Primeiro, quando ele falou comigo, não entendi. Era demais para mim. Perguntei do que ele estava falando, e ele olhou para mim como se dissesse: você não sabe? Pense sobre isso e vai saber. Então pensei naquilo. Não consegui dormir naquela noite. No dia seguinte, ele apareceu outra vez. Sabe como trabalha uma aranha? Uma aranha... ele é lento e meticuloso...

Ele não conseguia olhar para ela.

– ... e foi me afastando de mim mesma. Como se o espírito fosse uma coisa e o corpo, outra. Não era a Teresa que foi com ele. Apenas o corpo de Teresa. Como se, na verdade, eu não estivesse ali. Eu estava com você, estava levando você para o Carnegie Hall.

Agora tudo parecia um disco tocando, a voz do narrador dando detalhes complementares.

– Às tardes. Durante minha folga. Ele alugou um quarto perto da cafeteria. Durante semanas, às tardes, naquele quarto. E então uma noite você me contou a novidade: tinha assinado para tocar no Carnegie Hall. Na vez seguinte que ele apareceu na cafeteria, era apenas um cliente comum. Entreguei o cardápio e ele fez o pedido. E pensei comigo mesma: está acabado, sou eu novamente. Sim, agora posso ser eu mesma.

"Mas sabe, é uma coisa curiosa... o que você fez ontem sempre é parte do que você é hoje. Você tenta esconder dos outros. De você mesmo, não adianta tentar, é uma espécie de espelho, sempre ali. Então olho para ele e o que vejo? Vejo Teresa? Sua Teresa?

"Teresa não está no espelho. Não está em lugar nenhum. É só um farrapo usado, uma coisa suja. E é por isso que não deixei que você me tocasse. Ou mesmo se aproximasse. Não podia deixar que se aproximasse desta sujeira."

Ele tentou olhar para ela. Disse para si mesmo: isso, olhe para ela. E corra para ela. E curve-se, ajoelhe-se. É preciso fazer isso. Mas...

Os olhos dele dirigiram-se para a porta e para além da porta, e seu cérebro estava em chamas. Ele cerrou os dentes e suas mãos transformaram-se em marretas. Cada fibra de seu corpo estava tensa, pronta para o impulso que o tiraria dali e o levaria escada abaixo até a suíte do quarto andar.

E então, por apenas um momento, ele tateou em busca de um resto de controle, de discernimento. Disse a si mesmo: pense, agora tente pensar. Se você sair por aquela porta, ela vai vê-lo partir, vai ficar aqui sozinha. Você não pode deixá-la aqui sozinha.

Aquilo não o deteve. Nada poderia detê-lo. Ele andou devagar na direção da porta.

– Edward...

Mas ele não escutou. Só escutou o rosnado baixo que saiu de sua própria boca quando abriu a porta e deixou o quarto.

Seguiu pela sala, o braço estendido, os dedos agarrados à porta que levava ao corredor. No instante em que seus dedos tocaram a maçaneta, ouviu o barulho vindo do quarto.

Era um ruído mecânico. O som da correntinha e do trinco da janela se abrindo.

Ele voltou e correu pela sala até o quarto. Ela estava subindo na janela. Deu um salto e tentou agarrá-la, mas nada mais havia a agarrar. Só o ar frio e vazio que entrava pela janela escancarada.

Capítulo nove

Na Front Street, ele estava de pé na calçada perto da entrada vermelha e dourada daquele mercado barato, e os consumidores de sábado passavam por ele. Alguns esbarraram nele com os ombros. Outros o afastaram para o lado. Ele estava insensível. Na verdade, não estava ali. Estava muito longe daquele lugar.

Estava no funeral, sete anos atrás, e então estava errando por Nova York. Uma época sem rumo, sem reação aos sinais de trânsito ou às mudanças no clima. Não sabia ou não se importava com a hora, com o dia da semana em que estava. Pois a soma de tudo era um círculo, e um círculo é igual a um zero.

Ele tirara todas as suas economias do banco. Somavam cerca de nove mil dólares. Conseguiu perder tudo. Ele queria perder. Na noite em que o perdeu, quando o tomaram dele, conseguiu levar uma surra. Queria isso também. Quando aconteceu, quando caiu com sangue escorrendo da boca e do nariz e do corte em sua cabeça, estava satisfeito. Na verdade, gostou daquilo.

Aconteceu muito tarde da noite, em Hell's Kitchen. Três homens pularam sobre ele. Um deles estava armado com um cano de chumbo. Os outros dois tinham socos-ingleses de metal. O cano o atingiu primeiro, na lateral da cabeça, e ele saiu andando de lado, e, devagar, sentou-se no meio-fio. Então os outros começaram a trabalhar com os socos-ingleses. Nesse momento, algo aconteceu. Eles não tinham certeza do que era, mas pareciam hélices girando no ar e vindo na direção deles. O homem com o cano fugiu rapidamente, e eles se perguntaram por que não tinha ficado lá para ajudá-los. Estavam mesmo precisando de ajuda. Um deles caiu com quatro dentes a menos em sua boca. O outro soluçava:

– Me dê uma chance, por favor... me dê uma chance.

E o homem selvagem sorriu e murmurou:

– Lute, lute. Não estrague a brincadeira.

O marginal, então, soube que não tinha escolha, e fez o que podia com o soco-inglês e seu peso. Ele tinha um peso considerável. Também era muito habilidoso em táticas sujas. Ele usou o joelho, os polegares, e chegou a tentar usar os dentes. Mas não era rápido o suficiente. Acabou com os dois olhos inchados e fechados, um nariz quebrado e uma concussão cerebral. Enquanto estava ali caído na calçada, deitado de costas e inconsciente, o homem selvagem murmurou:

– Obrigado pela festa.

Algumas noites mais tarde, houve outra festa. Aconteceu no Central Park, quando dois policiais encontraram o homem selvagem dormindo sob um arbusto. Eles o acordaram e ele mandou que fossem embora e o deixassem em paz. Eles o puseram de pé e perguntaram se tinha casa. Não respondeu. Começaram a lhe fazer perguntas. Ele disse mais uma vez que o deixassem em paz. Um deles levantou a voz para ele e o empurrou. O outro policial segurou seu braço. Ele disse:

– Solte meu braço, solte.

Então os dois o seguraram e começaram a arrastá-lo. Eram caras grandes, e ele teve de olhar para cima para dizer:

– Por que vocês não me deixam em paz?

Eles mandaram que calasse a boca. Tentou se soltar e um deles o acertou na perna com um cassetete.

– Você me bateu – disse ele.

O policial latiu para ele:

– Claro que bati. Se eu quiser, bato outra vez.

Ele sacudiu lentamente a cabeça e disse:

– Não, não bate.

Alguns minutos mais tarde, os policiais estavam sozinhos naquele lugar. Um deles se apoiava contra uma árvore, respirando com dificuldade. O outro gemia sentado na grama.

E então, menos de uma semana depois, aconteceu de novo no Bowery. Um conhecido especialista em violência observou por entre os lábios inchados e ensangüentados:

– Foi como se tivesse metido minha cara em um misturador de concreto.

Alguém na multidão disse:

– Você vai lutar outra vez com ele?

– Claro que luto outra vez com ele. Só preciso de uma coisa.

– O quê?

– Um rifle automático – disse o grandalhão, sentado ali no meio-fio e cuspindo sangue. – É só me comprar um desses e mantê-lo à distância.

Ele estava sempre em movimento, circulando entre o Bowery e o Lower East Side, então subia, passava por Yorkville, chegava no Spanish Harlem e descia até o Brooklyn, até as vizinhanças barra-pesada de Greenpoint e Brownsville – qualquer área onde um homem à procura de encrenca tivesse certeza de encontrá-la.

Agora, olhando para trás, viu o homem selvagem de sete anos atrás e pensou: no fundo, você era maluco, maluco mesmo. Chame de um louco violento e assustador. Com seus dedos, que não podiam tocar as teclas ou sequer chegar perto de um teclado, um jogo de garras, loucas para encontrar a garganta de seu querido amigo e conselheiro, aquele homem tão bom e generoso que o levara para o Carnegie Hall.

Mas, é claro, você sabia que não devia encontrá-lo. Devia manter-se longe dele, pois apenas avistá-lo significaria uma morte. Mas a selvageria estava ali, e precisava de uma válvula de escape. Então vamos dar um voto de agradecimento aos marginais, a todos os bandidos, ladrões e pilantras dispostos a ajudar você, a lhe oferecer um alvo.

E o dinheiro. É óbvio que você precisava de dinheiro. Tinha de botar comida no estômago. Vamos ver, agora, eu me lembro de alguns empregos, como lavador de pratos e de carros e distribuidor de panfletos. Às vezes estava sem trabalho, então a única coisa a fazer era estender as mãos e esperar que algumas moedas caíssem. Moedas suficientes para pagar um prato de sopa e um colchão em uma pensão vagabunda. Ou, às vezes, um rolo de gaze para envolver cortes que sangravam. Em algumas noites, você perdia muito sangue, especialmente naquelas em que acabava como o segundo melhor.

Sim, meu caro amigo, você estava em grande forma naqueles dias. Acho que você era sério candidato à elite dos marginais. Mas você não podia continuar assim. Aquilo teria de parar em algum ponto. O que deteve aquilo?

Claro, foi uma viagem que você fez. Uma caminhada que o levou para Jersey, do outro lado da ponte, uma caminhada curta e agradável de uns duzentos quilômetros, se me lembro bem; você precisou de quase uma semana inteira para chegar lá, na casa escondida nas florestas de South Jersey.

O Dia de Ação de Graças estava chegando. Você estava voltando para casa para passar o feriado com a família. Todos estavam lá. Clifton e Turley também estavam em casa para o feriado. Pelo menos, disseram que era esse o motivo para terem voltado para casa. Mas depois de alguns copos acabaram mencionando o verdadeiro motivo. Disseram que tiveram problemas e as autoridades estavam atrás deles, e esse lugar no meio do mato era longe de todos os postos policiais.

Parece que Turley tinha deixado o emprego no porto de Filadélfia e tinha se juntado a Clifton em um negócio que envolvia carros roubados, que eles levavam de um estado para outro. Foram vistos e seguidos. Não que isso os preocupasse. Você se lembra de Clifton dizendo:

– É, estamos mesmo num aperto. Mas vamos sair dessa. Sempre saímos. – Então ele riu, Turley riu, e todos beberam mais e contaram piadas sujas.

Foi um feriado e tanto. Quero dizer, a maneira como acabou foi mesmo uma coisa. Eu me lembro que Clifton disse algo sobre sua situação, sua qualidade de viúvo. Você pediu que ele não falasse sobre aquilo. Ele continuou falando. Ele piscou para Turley e disse para você:

– Como é transar com uma porto-riquenha?

Você sorriu para Clifton, piscou para Turley e disse para seu pai e sua mãe:

– As coisas aqui vão ficar feias. Acho melhor vocês saírem da sala...

Então lá estava você diante de Clifton, a mesa foi derrubada e algumas cadeiras quebraram. Clifton estava no chão, cuspindo sangue e dizendo:

– O que está acontecendo aqui? – então ele sacudiu a cabeça. Não podia acreditar. Ele disse para Turley:
– É ele mesmo?

Turley não conseguiu responder. Estava parado olhando fixamente a cena.

Clifton levantou-se, caiu e se levantou de novo. Estava bem, podia agüentar aquilo. Você continuou a derrubá-lo e ele se levantou e, finalmente, disse:

– Estou ficando cansado disso. – Olhou para Turley e murmurou: – Tire ele de cima de mim...

Lembro-me de Turley se aproximando e tentando me acertar e então era ele quem estava sentado no chão ao lado de Clifton, que ria e dizia:

– Você aqui também?

Turley balançou a cabeça, sério, então se levantou e disse:

– Olha, eu aposto cinqüenta contra um como ele não faz isso outra vez.

Então ele atacou. Veio gingando, cheio de manha. Você tentou socá-lo e errou, então foi a fez dele, que garantiu a própria grana. Você apagou por uns vinte minutos. Mais tarde estávamos juntos à mesa outra vez, e Clifton ria e dizia:

– Agora dá para ver que você está pronto para entrar na jogada.

Você não entendeu aquilo e disse:

– Jogada? Que jogada?

– Nossa jogada. – Ele apontou para si mesmo e para Turley. – Vou botar você na jogada.

– Não – disse Turley. – Ele não serve para isso.

– Ele é perfeito para o negócio – disse calmo e pensativo Clifton. – É rápido como uma cobra e duro como ferro...

– A questão não é essa – interrompeu Turley. – A questão é...

– Ele está pronto, essa é a questão. Está pronto para entrar em ação.

– Está? – a voz de Turley, agora, estava tensa. – Deixe que ele fale. Deixe que diga o que quer.

Então a mesa ficou em silêncio. Eles estavam olhando para você, esperando. Você olhou de volta para eles, seus irmãos... os artistas do crime, os pistoleiros, os grandes encrenqueiros.

E você pensou: essa é a resposta? É para isso que você foi feito? Bem, talvez seja. Talvez Clifton tenha pegado você. Suas mãos que não podem mais fazer música podem fazer dinheiro do jeito fácil. Com uma arma. Você sabe que eles usam armas. Você está pronto para isso? É duro o suficiente para isso?

Bem, você foi bem duro na Birmânia. Fez muita coisa com uma arma na Birmânia.

Mas isso aqui não é a Birmânia. É uma escolha. Entre o quê? O sujo e o limpo? O bom e o mau?

Vamos colocar de outra maneira. Qual é a recompensa para os limpos? Os bons? Estou falando dos que jogam limpo. O que eles recebem na boca do caixa?

Bem, amigos, falando por experiência própria, diria que a recompensa vai de um chute nos dentes a tesouras de lâminas longas que penetram fundo e fatiam aquela bomba em seu peito. E isso é demais, acaba com tudo. Todos os sentimentos se esvaem e o veneno penetra. Então você diz ao mundo: tudo bem, você quer jogar sujo, vamos jogar sujo.

Mas não, você estava pensando. Não quer isso. Se unir a essa combinação Clifton-Turley, é coisa exclusivamente do lado perverso, e você já teve o suficiente disso.

– Então? – perguntou Clifton. – O que vai ser?

Você estava sacudindo a cabeça. Não sabia o que fazer. Então olhou para cima. Viu os outros dois rostos, os rostos mais velhos. Sua mãe estava dando de ombros, seu pai usava um sorriso bondoso e afável.

Então era isso. Essa era a resposta.

– E aí? – disse Clifton.

Você deu de ombros. Sorriu.

– Vamos lá – insistiu Clifton. – Junte-se a nós.

– Ele já disse – falou Turley. – Olhe só a cara dele.

Clifton olhou. Deu uma olhada demorada e disse:

– É como... se ele tivesse saído do quadro. Como se não se importasse.

– Isso deve responder à sua pergunta – riu Turley.

Deve. Naquele momento todas as conexões se partiram, todas as questões foram apagadas. Não havia mais veneno, frenesi, qualquer traço do homem selvagem em seus olhos. O homem selvagem tinha desaparecido, aniquilado por duas pessoas rudes que não sabiam que ainda tinham esse poder: a mãe de olhos sem expressão, indiferente, e o pai beberrão e de sorriso bondoso.

Sem som, você disse a eles: muito obrigado, meus caros.

E mais tarde, quando foi embora, quando andou pelo caminho que margeava a plantação de melancias, continuou pensando isso: muito obrigado, muito obrigado.

O caminho era irregular, mas você não sentiu os buracos. Na mata, a estrada estreita e sinuosa estava toda esburacada, mas você meio que flutuou por sobre os buracos e poças. Você se lembra que estava frio e úmido na floresta, e ventava forte, mas só sentia uma brisa suave.

Você atravessou a floresta, chegou a outra estrada e a mais outra, e finalmente pisou no asfalto da auto-estrada que o levou até a cidadezinha e à estação rodoviária. Na rodoviária, havia um sujeito que falava alto. Estava procurando confusão. Quando tentou com você, não adiantou nada, ele nada conseguiu. Você deu de ombros, e ele sorriu. Foi fácil, a maneira com que lidou com ele.

Bem, claro, foi fácil, só aquele olhar vazio... e contido.

Você pegou o primeiro ônibus que saiu. Ele ia para Filadélfia. Acho que algumas noites depois você estava em um bar vagabundo na cidade, um desses de quinze centavos a dose. Havia uma cozinha, e você arranjou um emprego de lavador de pratos, faxineiro, essas coisas. Havia um piano velho e estragado e você olhou para ele, afastou os olhos e tornou a olhar. Uma noite, você disse ao barman:

– Posso tocar?

– Você?

– Acho que consigo.

– Tudo bem. Pode tentar. Mas é melhor que seja música.

Você sentou-se ao piano. Olhou para as teclas. Então olhou para suas mãos.

– Vamos lá – disse o bartender. – O que está esperando?

Você ergueu as mãos. Baixou-as e seus dedos tocaram as teclas.

O som saiu, e era música.

Capítulo dez

Uma voz disse:
— Ainda está aqui?

Ele ergueu o olhar. A garçonete vinha em sua direção através da multidão de consumidores. Ela emergira do mercado com um saco de papel nas mãos. Ele viu que era pequeno. Disse a si mesmo que ela não tinha feito muitas compras.

— Quanto tempo você ficou lá dentro? — perguntou ele.

— Só uns minutos.

— Só isso?

— Fui atendida rápido — disse ela. — Só comprei pasta de dente e um sabonete. E uma escova de dentes.

Ele nada disse.

— Não pedi para esperar por mim — disse ela.

— Não estava esperando. Não tinha para onde ir, só isso. Estava só circulando por aí.

— Olhando para as pessoas?

— Não — disse ele. — Não estava olhando para as pessoas.

Ela o tirou da frente de um carrinho de bebê que vinha em sua direção.

— Venha — disse ela. — Estamos atrapalhando o trânsito.

Eles seguiram acompanhando a multidão. O céu, agora, estava completamente cinza e escurecendo mais. Ainda era cedo, pouco depois das duas da tarde, mas parecia muito mais. As pessoas olhavam para o céu e andavam mais rápido, queriam chegar em casa antes que a tempestade desabasse. A ameaça estava no ar.

Ela olhou para ele e disse:

– Abotoe seu sobretudo.

– Não estou com frio.

– Estou congelando – disse ela. – Temos que andar muito?

– Até Port Richmond. Alguns quilômetros.

– Ótimo.

– Podíamos pegar um táxi, mas não tenho um centavo comigo.

– Eu também não – disse ela. – Peguei cinqüenta centavos com a minha senhoria e gastei tudo.

– Bem, não está frio demais para andar.

– Pro inferno que não. Meus dedos dos pés estão dormentes.

– Vamos andar mais rápido – disse ele. – Isso vai manter seus pés aquecidos.

Eles apertaram o passo. Caminhavam com a cabeça baixa contra o vento que os fustigava. Estava cada vez mais forte, zunindo mais alto. Levantava a neve da calçada e da rua formando nuvens de flocos diminutos. Então flocos de neve maiores começaram a cair. O ar, agora, estava denso com a neve, e esfriava.

– Que belo dia para um piquenique – disse ela, e então escorregou na neve congelada e quase caiu de costas no chão, mas ele a agarrou antes. E aí ele escorregou e os dois se desequilibraram, mas ela conseguiu firmar-se e os dois permaneceram de pé. O dono de uma loja estava na porta de sua mercearia e disse para eles:

– Olhem onde pisam. Está escorregando.

Ela olhou para o homem e disse:

– É, sabemos que está escorregando. Mas se você limpasse a calçada, não ficaria assim.

O dono da loja riu sem graça e disse:

– Então se você cair, me processe.

O homem voltou para a loja. Eles ficaram ali na calçada escorregadia, ainda segurando-se um no outro para não cair. Ele disse para si mesmo: na verdade, tudo se resume a segurá-la para que não escorregue e caia. Mas acho que agora está tudo bem, acho que você pode soltar.

É melhor soltar, droga. Porque está aí de novo, está acontecendo outra vez. Você tem que parar, só isso. Você não pode deixar que continue desse jeito. Está mesmo tomando conta de você, e ela sabe. Claro que sabe. Está olhando para você e... Ei, qual o problema com seus braços? Por que não consegue largá-la? Olhe aqui, você tem que parar com isso.

Acho que o jeito de parar com isso é deixar pra lá. Segurar a onda. Claro, o sistema é esse. De qualquer forma, é o sistema que mantém você lá fora onde nada importa, onde há só você, as teclas e nada mais. Porque tem de ser assim. Você tem que ficar longe de qualquer coisa séria.

Quer saber de uma coisa? O sistema agora não está funcionando. Acho que Eddie está dando lugar para Edward Webster Lynn. Não, não pode ser assim. Não vamos deixar que seja assim. Droga, por que ela tinha que mencionar esse nome? Por que tinha que trazer tudo isso de volta? Você tinha enterrado tudo e estava indo bem e se divertindo à beça sem se importar com nada. Agora isso aparece. Isso acerta você e acende uma centelha, e antes que você se dê conta, o fogo já começou. O quê? Você me ouviu, falei um fogo. E então o brilho aumenta de repente – está queimando com muita força e não conseguimos apagar.

Não conseguimos? Olhe os fatos, cara, olhe os fatos. Esse aqui é o Eddie. E Eddie não pode sentir esse fogo. Eddie não pode sentir nada.

Seus braços caíram e a soltaram. Seus olhos nada mostravam quando deu aquele sorriso bondoso e agradável para ela. Ele disse:

– Vamos andando. Temos um longo caminho pela frente.

Ela olhou para ele, respirou fundo e disse:

– Sério mesmo?

Quarenta minutos mais tarde eles entraram no Harriet's Hut. O lugar estava lotado. Ficava sempre cheio nos sábados à tarde, mas, quando o tempo estava ruim, a clientela dobrava. O Hut era uma fortaleza e um refúgio contra a neve e o vento forte. Também era um posto de abastecimento. O barman corria de um lado para o outro, fazendo seu melhor para atender à demanda de anticongelante.

Harriet estava atrás do balcão, na caixa registradora. Ela viu a garçonete e o homem do piano e gritou para eles:

– Por onde vocês andaram? Que diabos de dia estão pensando que é hoje, um feriado?

– Claro que é feriado – disse a garçonete. – Hoje só começamos a trabalhar depois das nove. O horário é esse.

– Hoje não é não – disse a ela Harriet. – Não com uma multidão dessas. Você devia saber que eu ia precisar de você aqui... E você – dirigiu-se para Eddie – devia saber que precisava fazer um fundo musical para esse tempo. Eles chegam da rua, o lugar enche e eles querem ouvir música.

Eddie deu de ombros.

– Eu acordei tarde.

– É, ele acordou tarde – disse Lena. Ela falava bem

devagar, com uma certa deliberação. – Então fomos dar um passeio de carro. E depois caminhamos um pouco.

Harriet franziu o cenho.

– Juntos?

– É – disse ela. – Juntos.

A dona do Hut olhou para o homem do piano.

– O que está acontecendo?

Ele não respondeu. A garçonete disse:

– O que quer que ele faça, um relatório completo?

– Se ele quiser – disse Harriet, ainda olhando intrigada para o pianista. – É que fiquei curiosa, só isso. Ele costuma andar sozinho.

– É, ele é mesmo um cara solitário – murmurou a garçonete. – Até quando está com alguém está sozinho.

Harriet coçou a nuca.

– Afinal, o que está acontecendo aqui? Que brincadeira é essa?

– A resposta está na página três – disse a garçonete. – Só que não tem nenhuma página três.

– Obrigada – disse Harriet. – Isso ajudou muito. – Então, abruptamente, deu um grito: – Olhe, não me venha com essas charadinhas. Hoje não preciso de charadas. Vista seu avental e vá trabalhar.

– Primeiro nós queremos receber.

– Nós? – Harriet franziu outra vez o cenho.

– Bem, pelo menos, eu – disse a garçonete. – Quero o salário de uma semana e três de adiantamento pela hora extra de hoje.

– Qual a pressa?

– Não tem pressa. – Lena apontou para a caixa registradora. – Só pegue o dinheiro devagar e direitinho e entregue para mim.

– Mais tarde – disse a loura gorda. – Agora estou muito ocupada.

– Não está ocupada demais para me dar meu salário. E enquanto você faz isso, pode pagar a ele também.

Eddie deu de ombros.

-- Eu posso esperar...

– Você fique bem aqui e pegue seu dinheiro – interrompeu Lena. E então disse para Harriet: – Vamos lá, pode ir passando a grana.

Harriet ficou parada durante um tempo. Ficou ali de pé estudando o rosto da garçonete. Então, com um aceno de mão para trás, como se jogasse algo por sobre o ombro para que saísse do caminho, transferiu sua atenção para a caixa registradora.

Tudo bem agora, pensou Eddie. As coisas ficaram tensas por um minuto, mas acho que agora está tudo bem. Arriscou uma olhada de lado para o rosto inexpressivo da garçonete. Se ela deixasse isso para lá, disse para si mesmo. Não faz sentido encrencar com Harriet. Com Harriet é o mesmo que provocar dinamite. Ou talvez seja isso o que ela quer. É, acho que ela está muito tensa por dentro e está louca para explodir de alguma forma.

Harriet estava pegando dinheiro na caixa registradora, contando as notas e colocando-as na palma da mão de Lena. Terminou de pagá-la, virou-se para o pianista e botou o dinheiro sobre o balcão, diante dele. Quando botou notas de um sobre as de cinco, estava resmungando:

– Como se os fregueses já não me aborrecessem o suficiente. Agora são os funcionários que estão me dando problema. Daqui a pouco eles vão criar até um sindicato.

– A tendência é essa – disse a garçonete.

– É? – disse Harriet. – Bem, não gosto nada disso.

– Então vá se catar – disse Lena.

A loura gorda parou de contar o dinheiro. Piscou algumas vezes, devagar, se aprumou, seus seios imensos projetando-se ao encher os pulmões de ar.

— O quê? — disse ela. — O que você falou?

— Você escutou.

Harriet botou as mãos nos quadris largos.

— Talvez eu não tenha ouvido direito. Por que ninguém fala comigo assim. As pessoas têm juízo. Vou dizer uma coisa para você, garota. Ninguém fala desse jeito comigo e sai dessa limpo.

— É mesmo? — murmurou Lena.

— É, é mesmo — disse Harriet. — E você tem sorte. Está descobrindo isso do jeito mais fácil. Na próxima vez não vou ser tão legal. Se você vier desse jeito pra cima de mim de novo, acerto você.

— Isso é um aviso?

— Alto e em bom tom.

— Obrigada — disse Lena. — Agora eu tenho um aviso para você. Já me acertaram antes. Mas eu sempre dei um jeito de me levantar.

Harriet falou em voz alta para si mesma:

— O que essa aqui está querendo? Parece estar procurando. Está mesmo pedindo.

A garçonete ficou ali parada, os braços pendendo ao lado do corpo. Agora estava sorrindo.

Harriet estava com uma expressão pensativa. Ela falou calmamente para a garçonete:

— Qual o problema, Lena? O que está incomodando você?

A garçonete não respondeu.

— Tudo bem. Dessa vez passa — disse a proprietária.

Lena manteve o sorriso tênue.

— Não precisa.

— Sei que não preciso. Mas é melhor assim. Não acha melhor assim?

A garçonete não estava dando aquele sorriso tênue para nada em especial. Ela disse:

– Pra mim, do jeito que for, está bem. Mas não precisa me fazer nenhum favor. Não preciso de nenhum favor seu.

Harriet franziu o cenho, inclinou a cabeça e disse:
– Tem certeza do que está dizendo?
Lena não respondeu.
– Sabe o que eu acho? – murmurou Harriet. – Acho que você está confundindo as pessoas.

Lena parou de sorrir. Baixou a cabeça, balançou-a, depois sacudiu-a e, finalmente, assentiu.
– É isso, não é? – provocou Harriet com gentileza.

Lena continuou balançando a cabeça. Ela levantou o rosto, olhou para a loura gorda e falou:
– É, acho que é – e então, em um tom monocórdio:
– Desculpa, Harriet. É que estou chateada com uma coisa... Não queria descarregar em você.

– O que foi? – perguntou Harriet. A garçonete não respondeu. Harriet olhou inquiridora para Eddie. O homem do piano deu de ombros e nada falou. – Vamos lá, conte – exigiu Harriet. – O que está acontecendo com ela? – Ele deu de ombros outra vez e ficou quieto. A loura gorda deu um suspiro e disse:

– Tudo bem. Eu desisto. – E voltou a contar o dinheiro. Depois botou o dinheiro sobre o bar e ele o pegou, dobrou a pequena pilha, jogou-a no bolso do sobretudo, virou e se afastou do bar. Após dar alguns passos, ouviu Lena falar:

– Espere, eu tenho uma coisa para você.

Ele voltou e ela lhe deu duas moedas de 25 centavos, duas de dez e uma de cinco.

– Da noite passada – disse ela, sem olhar para ele. – Agora estamos acertados.

Ele olhou para as moedas em sua mão. Acertados, pensou. Tudo acertado. Estavam quites. Estava acabado. Bem, certo, é assim que você quer. Está bem.

Mas então viu que ela estava olhando fixamente para algo e ficando tensa. Olhou na mesma direção e viu Wally Plyne caminhando para o bar, onde eles estavam.

O leão-de-chácara barrigudo aproximou-se exibindo um sorriso maldoso. Os ombros largos estavam arqueados e balançando do jeito típico dos lutadores. O sorriso alargou-se, e Eddie pensou: ele está forçando, e a próxima coisa vai ser um cumprimento meloso e amistoso.

Então sentiu a mão grande e pesada de Plyne em seu braço e ouviu a voz rouca dele dizer:

– Olhe quem está aí, o rei do piano! Eddie, meu garoto.

– É – disse a garçonete. – Seu garoto Eddie.

Plyne pareceu não ouvi-la. Ele disse para o pianista:

– Estava procurando você. Onde se escondeu?

– Ele não estava escondido – disse a garçonete.

O leão-de-chácara tentou ignorá-la. Continuou a sorrir para Eddie.

A garçonete forçou a barra.

– Como ele poderia se esconder? Não teve chance. Sabiam o endereço dele.

Plyne piscou com força. O sorriso desapareceu.

Fez-se silêncio por alguns instantes. Então Harriet disse:

– Deixe eu me meter nisso. – Ela inclinou-se para a frente por sobre o balcão. – O que está acontecendo aqui?

– Uma coisa feia – disse a garçonete. Ela apontou para o leão-de-chácara. – Pergunte aqui para o seu homem. Ele sabe tudo sobre isso. Ele abriu o bico.

Harriet virou-se com os olhos apertados na direção de Plyne.

– Vai falando – disse ela.

– Falando o quê? – esquivou-se o leão-de-chácara.
– Ela está falando bobagem. Deve estar doida.

A garçonete virou-se e olhou para Harriet.

– Olha, se não quiser ouvir isso...

A loura gorda respirou fundo e continuou olhando para Plyne.

– Espero que você consiga agüentar – disse a garçonete. – Afinal de contas, você vive com esse homem.

– Ultimamente, não. – A voz de Harriet estava pesada. – Nos últimos tempos, praticamente não tenho vivido com ele.

A garçonete abriu a boca para falar, e Plyne resmungou:

– Cala essa boca...

– Cala a boca você – disse Harriet, e então dirigiu-se à garçonete: – Vamos lá, conte tudo.

– É o que se chama de entregar – disse Lena. – Foram os próprios fregueses que me contaram. Disseram que estiveram aqui hoje de manhã, pagaram por algumas doses e por mais alguma coisa.

Eddie começou a se afastar. A garçonete esticou-se, segurou seu braço e o prendeu ali. Ele deu de ombros e sorriu. Seus olhos disseram para o leão-de-chácara: isso não me incomoda, então não deixe que incomode você.

A garçonete prosseguiu:

– Eram dois. Dois embaixadores, mas não da boa vontade. Eram do pior tipo, o tipo que machuca você. Ou faz você desaparecer. Entendeu o que eu estou dizendo?

Harriet concordou lentamente com a cabeça.

– Eles estavam procurando por Eddie – disse a garçonete.

Harriet fechou a cara.

– Por quê?

– Essa não é a questão. A questão é que eles tinham um carro e uma arma. Precisavam de informação. Como descobrir o endereço dele.

O rosto de Harriet relaxou.

– Você não contou a eles...

– Claro que ele contou – disse Lena.

Harriet piscou.

– Ainda deram a ele uma boa gorjeta – disse a garçonete. – Deram a ele cinqüenta dólares.

– Não. – Foi um gemido. A boca de Harriet contorceu-se. Ela virou a cabeça para não olhar para o leão-de-chácara.

– Não quero mais trabalhar aqui – disse a garçonete. – Vou ficar só alguns dias, até você encontrar outra garota.

– Espere aí – disse o leão-de-chácara. – Não é tão ruim assim.

– Não? – Lena o encarou. – Vou dizer a você como é ruim. Você já botou isca no anzol para pescar um peixe-gato? Eles vão atrás do fedor. O que você tem que fazer é botar algumas minhocas em uma lata e deixar no sol por mais ou menos uma semana. Então abra a lata e dê uma cheirada. Você vai ver como fede.

Plyne engoliu em seco.

– Olhe, Lena, você entendeu tudo errado...

E a garçonete disse:

– Agora vem a enrolação.

– Escute aqui – reclamou Plyne. – Estou falando que eles me enrolaram. Não sabia o que eles estavam querendo. Achei que estavam...

– Claro, a gente sabe – murmurou Lena. – Você achou que eles eram pesquisadores do censo.

O leão-de-chácara virou-se para Eddie. Seus braços se ergueram em um gesto suplicante.

– Eu não sou seu amigo?
– Claro – disse Eddie.
– Eu faria alguma coisa para machucar você?
– Claro que não.
– Estão ouvindo? – o leão-de-chácara falou alto para as duas mulheres. – Estão ouvindo o que ele disse? Ele sabe que estou do lado dele.
– Acho que vou vomitar – disse Harriet.
Mas o leão-de-chácara continuou:
– Estou falando que eles me enrolaram. Se eu soubesse que eles queriam machucar o Eddie, eu teria, bem, teria arrebentado com eles. Se vierem aqui de novo, vou jogar eles pela janela, um de cada vez.
Um bêbado que estava perto resmungou:
– Isso aí, Esmagador.
Outro freguês falou:
– Quando o Esmagador fala uma coisa, ele está falando sério.
– Você pode ter certeza de que estou falando sério – disse Plyne, alto. – Não sou homem de procurar encrenca, mas se é isso o que eles querem, vão ter. – Então dirigiu-se para Eddie: – Não se preocupe, posso lidar com esses marginais. Eles têm uma arma, mas são pequenos. E eu, grande.
– Muito grande? – perguntou a garçonete.
Plyne sorriu para ela:
– Dê uma olhada.
Ela o olhou de cima a baixo.
– É, é isso mesmo – murmurou ela. – Bem grande.
O leão-de-chácara agora estava se sentindo muito melhor. Ele abriu um sorriso.
– Isso mesmo, grande – disse ele. – E sólido, também. Puro homem.
– Homem? – Ela prolongou a palavra, a boca retorcida. – O que eu vejo é um monte de lixo.

No bar, os fregueses tinham parado de beber. Estavam olhando para a garçonete.

– É só lixo – disse ela, e deu um passo na direção do leão-de-chácara. – A única coisa grande que você tem é a boca.

Plyne grunhiu outra vez. Ele resmungou:

– Não estou gostando disso. Não vou aturar...

– Vai aturar, sim – disse ela. – Vai ter que engolir.

Ele está engolindo, pensou Eddie. E está engasgado. Olhe para ele. Olhe para seus olhos. Por que é ela que ele está engolindo, por isso. Gosta tanto dela que fica todo derretido, isso está quase deixando-o louco. E não há nada que possa fazer além de agüentar. Só ficar ali e agüentar. É, sem dúvida ele está engolindo. Eu já os vi engolir coisas, mas não desse jeito.

Agora a multidão no bar estava se aproximando. Estavam se levantando das mesas e chegando perto para não perder uma palavra daquilo. O único som no Hut era a voz da garçonete. Ela falava com calma, firmeza, e o que saía de sua boca era como um punhal lançado na direção do leão-de-chácara.

Estava cortando-o ao meio, pensou Eddie. Pensando nisso, o que está acontecendo aqui é uma espécie de amputação. E não estamos falando de braços ou pernas.

E olhe para Harriet. Olhe o que está acontecendo com ela. Envelheceu uns dez anos em apenas alguns minutos. Seu homem está sendo feito em pedaços. Está acontecendo bem diante de seus olhos, e ela não pode dizer nem uma palavra, fazer um movimento. Ela sabe que é verdade.

Claro que é verdade. Não há como fugir disso. Hoje o leão-de-chácara jogou sujo. Mas mesmo assim, acho que está recebendo mais do que merece. É preciso reconhecer que ele tem passado por maus bocados ultimamente, estou falando desse problema com a garçonete, isso de vê-la noite após noite e desejá-la, e saber que não tem qualquer chance. E mesmo agora, quando ela o faz em pedaços, cospe nele em frente a todas essas pessoas, não consegue tirar os olhos famintos dela. Não dá para não sentir pena do leão-de-chácara. Esta é uma tarde triste para o Esmagador de Harleyville.

Pobre Esmagador. Ele queria tanto fazer um retorno, uma espécie de retorno. Achou que podia conseguir algo com a garçonete, assim, estaria provando alguma coisa. Provaria que ainda era o mesmo, que ainda tinha a força, a vontade, a importância e as coisas necessárias para fazer uma mulher dizer sim. Mas o que ele recebia da garçonete era um não frio e silencioso. Nem sequer um olhar.

Bem, agora ele está conseguindo algo. Até demais. Está sendo completamente desmoralizado, isso sim. Queria que ela parasse, acho que está indo longe demais. Será que sabe o que está fazendo com ele? Não pode saber. Se soubesse, pararia. Se eu pudesse apenas dizer a ela...

Dizer o quê? Que o leão-de-chácara não é tão mau quanto parece? Que é apenas mais um cara que um dia foi algo, tentou dar a volta por cima e fez uma besteira? Claro, é isso o que é, mas você não pode dizer isso. Você não pode ficar chorando por Plyne; não pode ficar chorando e ponto. Você está longe demais da cena, é por isso. Você está lá em cima e lá longe, onde nada importa.

Então o que você está fazendo em pé aqui? E olhando. E escutando. Por que não está lá no piano?

Ou talvez você esteja esperando que algo aconteça. Faz sentido. O leão-de-chácara não vai agüentar isso por muito mais tempo. Se a garçonete continuar, alguma coisa vai acontecer, não há a menor dúvida.

Bem, e daí? Isso não lhe diz respeito. Nada lhe diz respeito. O melhor a fazer é dar no pé. Cair fora daqui e ir para o piano.

Ele tentou andar, mas não conseguiu se mexer. A garçonete ainda estava segurando seu braço. Ele deu um puxão, o braço se soltou e a garçonete olhou para ele. Os olhos dela diziam: você não pode sair fora. Você está dentro disso.

O sorriso bondoso e afável dele dizia: nisso não. Não estou dentro de nada.

Então ele se encaminhou para o piano. Ouviu a voz da garçonete que continuava a falar com Plyne. Suas pernas se moveram mais rápido. Tinha pressa de sentar-se ao teclado, de começar a tocar música. Isso vai resolver, pensou. Vai abafar esse burburinho. Ele tirou o sobretudo e o jogou sobre uma cadeira.

– Ei, Eddie – veio de uma mesa próxima. Ele olhou naquela direção e viu o cabelo oxigenado amarelo-alaranjado, os ombros magros e o peito liso. Os lábios de Clarice estavam lubrificados pelo gim, e seus olhos, com brilho de gim. Estava sentada ali sozinha, alheia à situação no bar.

– Vem cá – disse ela. – Vem cá que vou mostrar um truque pra você.

– Depois – murmurou ele e continuou na direção do piano. Mas então pensou: isso não foi educado. Virou-se e sorriu para Clarice, e foi até a mesa dela e se sentou.

– Tudo bem – disse ele. – O que vai me mostrar?

Ela se levantou da cadeira, subiu na mesa e tentou ficar de ponta-cabeça apoiada sobre um único braço. Caiu e aterrissou no chão.

– Boa tentativa – disse Eddie. Ele se abaixou e a ajudou a se levantar. Ela deslizou de volta para a cadeira.

Do outro lado do salão, no bar, ele podia ouvir a voz da garçonete, que ainda estava em cima de Plyne. Não escute, disse a si mesmo. Tente se concentrar no que Clarice está dizendo.

Clarice estava dizendo:

— Você me dispensou ontem à noite.

— Bem, é que eu não estava com cabeça.

Ela deu de ombros e estendeu a mão para um copinho de bebida, pegou-o e viu que estava vazio. Com um sorriso indistinto para o copo vazio, ela disse:

— É assim que funciona. Se não está, não está.

— Faz sentido.

— Você está mesmo certo, faz sentido. — Ela estendeu a mão e deu um tapinha carinhoso no ombro dele. — Talvez na próxima vez...

— Claro — disse ele.

— Ou talvez... — Ela pousou o copo na mesa e o afastou para o lado. — ... talvez não tenha uma próxima vez.

— O que você está falando? — ele franziu levemente o cenho. — Você está fechando seu comércio?

— Não. Eu ainda estou no negócio. Estava falando de você.

— Eu? O que tem eu?

— Mudanças — disse Clarice. — Eu percebi algumas mudanças.

Seu cenho franziu-se mais.

— Como o quê?

— Bem, como ontem à noite, por exemplo. E há pouco tempo atrás, quando entrou aqui com a garçonete. Estava... bem, já vi isso acontecer antes. Sempre sei quando acontece.

— Quando acontece o quê? O que você está dizendo?

— A colisão — disse ela, sem olhar para ele. Estava se dirigindo para o copo e o tampo da mesa. — É isso o que é, uma colisão. Antes que perceba, eles já bateram. Não conseguem evitar. Nem mesmo esse aqui, esse músico com estilo muito *cool*. Era tão tranqüilo e despreocupado, e de repente ele foi atingido...

— Ei, olhe, quer outra bebida?

— Sempre quero outra bebida.

Ele começou a se levantar.

— Você está mesmo precisando de uma, agora.

Ela o puxou de volta para a cadeira.

— Primeiro me conte tudo. Gosto de saber das coisas em primeira mão. Talvez eu mande isso para uma coluna social.

— O que é isso? Você está doida?

— Pode ser — murmurou Clarice. E olhou para ele. O olhar o avaliava. — Mas está óbvio. Está escrito na sua cara. Já estava quando eu vi você entrar com ela.

— Ela? A garçonete?

— É, a garçonete. Mas então ela não era uma garçonete de espelunca. Era a rainha do Nilo, e você, aquele soldado romano, alguma coisa assim.

Ele riu.

— É o gim, Clarice. O gim está deixando você doida.

— Você acha? Eu não. — Ela estendeu a mão e puxou o copo vazio para perto. — Vamos olhar a bola de cristal.

Suas duas mãos envolveram o copo, e ela ficou ali sentada olhando com atenção para o copinho vazio.

— Estou vendo algo — disse ela.

— Clarice, é só um copo vazio.

— Agora não está vazio. Vejo uma nuvem. Vejo sombras...

— Pare com isso — disse ele.

— Quieto — reclamou ela. — Está se aproximando.

— Tudo bem. — Ele deu um sorriso. — Vou entrar na brincadeira. O que você está vendo no copo?

– Vejo você e a garçonete...

Por algum motivo ele fechou os olhos. Suas mãos seguraram os lados da cadeira.

Ele ouviu Clarice dizer:

–... não tem mais ninguém por perto. Só você e ela. É verão. E tem uma praia. Tem água...

– Água? – Ele abriu os olhos, suas mãos relaxaram, e ele sorriu outra vez. – Isso não é água, é gim. E parece que você está nadando dentro dele.

Clarice o ignorou. Continuou olhando para o copo.

– Vocês dois estão vestidos. Então ela tira a roupa. Olhe o que ela está fazendo. Ela está completamente nua.

– Olhe o que vai dizer... – falou ele.

– Você está de pé e olha para ela – continuou Clarice. – Ela corre e atravessa a estrada. Então mergulha nas ondas, diz para você tirar a roupa e entrar, a água está boa. Você fica parado...

– Isso mesmo – disse ele. – Fico parado. Não me mexo.

– Mas ela quer...

– Que se dane ela – disse ele. – O oceano é fundo demais para mim.

Clarice olhou para ele. Então para o copo. Agora era apenas um copinho vazio que precisava ser cheio.

– Viu só? – disse ele, e sorriu outra vez. – Não está acontecendo nada.

– Você está sendo franco? Quero dizer, com você mesmo?

– Bem, se você precisa de prova... – Ele botou a mão no bolso e tirou o rolo de dinheiro, seu salário de Harriet. Tirou três notas de um e botou-as na mesa. – Estou pagando você adiantado – disse ele –, pela próxima vez.

Ela olhou para as três notas de um.

– Pegue – disse ele. – Pode pegar. Você vai trabalhar por elas.

Clarice deu de ombros e pegou o dinheiro da mesa. Guardou as notas dentro da manga.

– Bem, de qualquer jeito – disse ela –, é bom saber que você ainda é meu cliente.

– Permanente – disse ele, com aquele sorriso bondoso e afável. – Está combinado?

Ele estendeu a mão. Então ouviu um barulho vindo do bar. Era um rosnado, depois um grito sufocado da multidão. Ele virou o rosto e viu a multidão se afastar, se apertar e se empurrar para sair do caminho do leão-de-chácara. Ouviu-se outro rosnado, e Harriet saiu de trás do balcão e correu para tentar ficar entre o leão-de-chácara e a garçonete. O leão-de-chácara a empurrou para o lado, foi um empurrão violento, e Harriet tropeçou e caiu sentada no chão. Então o leão-de-chácara rosnou outra vez e deu um passo lento na direção da garçonete. Ela ficou ali, imóvel. Plyne ergueu o braço. Hesitou, como se não tivesse certeza do que queria fazer. A garçonete deu um sorriso de mofa, desafiando-o a ir em frente. Ele balançou o braço e a palma de sua mão estourou com força contra a boca dela.

Eddie levantou-se da cadeira e foi na direção da multidão no bar.

Capítulo onze

Ele estava abrindo caminho por entre a multidão. Estavam todos aglomerados e ele teve de usar os ombros. Enquanto forçava a passagem, as pessoas soltaram um grito, pois Plyne acertara a garçonete uma segunda vez. Dessa vez um tapa forte com as costas da mão.

Eddie seguia empurrando, abrindo caminho entre as pessoas.

A garçonete não se movera. Um fio vermelho escorria em diagonal a partir de seu lábio inferior.

– Retire o que disse – disse o leão-de-chácara. Sua respiração estava acelerada. – Retire tudo o que...

– Caia morto – disse a garçonete.

Plyne bateu nela novamente, com a palma, e então outra vez com as costas da mão.

Harriet tinha se levantado do chão e estava entre os dois. O leão-de-chácara agarrou o braço dela e a jogou para o lado. Ela voou e caiu com força de joelhos no chão, e depois torceu o tornozelo ao tentar se levantar. Ela tornou a cair. Ficou sentada esfregando o tornozelo e olhando para Plyne e a garçonete.

O leão-de-chácara ergueu o braço outra vez.

– Vai retirar o que disse?

– Não.

A mão aberta dele estourou contra o rosto dela. Ela cambaleou, se apoiou sobre o bar, recuperou o equilíbrio e ficou ali, ainda com aquele sorriso tênue. Agora um fio mais grosso de sangue escorria de sua boca. Um lado de seu rosto tinha marca de dedos. O outro estava inchado e machucado.

– Vou acabar com você – Plyne gritou para ela. – Você vai desejar nunca ter me visto na vida.

– Não estou vendo agora. Está baixo demais para eu enxergar – disse a garçonete.

Plyne a acertou outra vez com a palma da mão e então fechou o punho.

Eddie estava usando os braços como uma foice, e agora estava tomado por uma sensação de desespero.

Plyne disse para a garçonete:

– Você vai retirar o que disse. Nem que eu tenha que arrancar todos os seus dentes fora.

– Não vai adiantar – disse a garçonete. Ela lambeu o sangue dos lábios.

– Desgraçada – sibilou Plyne. Ele preparou e arremessou o punho contra seu rosto. O punho estava no ar, a meio caminho, quando uma mão agarrou seu braço. Ele se soltou e armou o soco outra vez. A mão baixou sobre seu braço, agora segurando com força. Ele virou-se para ver quem havia interferido.

– Deixe a moça em paz – disse Eddie.

– Você? – tornou a dizer o leão-de-chácara.

Eddie nada disse. Ainda estava segurando o braço do leão-de-chácara. Ele caminhou devagar e se colocou entre Plyne e a garçonete.

Os olhos de Plyne estavam arregalados. Ele estava realmente surpreso.

– Não o Eddie – disse ele. – Qualquer um, menos o Eddie.

– Tudo bem – murmurou o pianista. – Vamos acabar com isso.

O leão-de-chácara virou-se e olhou para a multidão atônita.

— Olhem o que está acontecendo? Vejam quem está querendo me impedir.

— Estou falando sério, Wally.

— O quê? Você está o quê? — Então dirigiu-se outra vez para multidão: — Vocês acreditam? Ele disse que está falando sério.

— Já foi longe demais — disse Eddie.

— Bem, eu vou... — o leão-de-chácara não sabia o que pensar. Então olhou para baixo, para a mão ainda agarrada a seu braço. — O que está fazendo? — perguntou, sua voz confusa com a surpresa. — O que pensa que está fazendo?

Eddie falou para a garçonete:

— Cai fora.

— O quê? — disse Plyne, e então dirigiu-se para a garçonete, que não se movera. — Isso mesmo. Fique aí. Ainda tenho coisas para resolver com você.

— Não — disse Eddie. — Wally, escute...

— Você? — o leão-de-chácara deu uma risada. Ele soltou o braço da mão de Eddie com um puxão. — Ande, palhaço. Saia do caminho.

Eddie ficou ali.

— Eu disse para andar — latiu Plyne. — Volte para seu lugar. — Ele apontou para o piano.

— Se você a deixar em paz — disse Eddie.

Plyne virou-se outra vez para a multidão.

— Ouviram isso? Podem acreditar? Eu digo para ele andar e ele não anda. Esse não pode ser o Eddie.

Alguém na multidão disse:

— É o Eddie, sim.

— Ele ainda está aí, Esmagador — disse outra pessoa.

Plyne deu um passo para trás, olhou para Eddie de cima a baixo e falou:

— O que está acontecendo com você? Será que sabe mesmo o que está fazendo?

Eddie falou outra vez com a garçonete:

– Vá embora, está bem? Vai, some.

– Daqui não saio – disse a garçonete. – Estou gostando disso.

– Claro que está gostando – disse Plyne. – E ela só teve uma prova. Agora vou dar a ela...

– Não, não vai – a voz de Eddie estava baixa, quase um sussurro.

– Não vou? – o leão-de-chácara imitou a entonação de Eddie. – O que vai me impedir?

Eddie nada disse.

Plyne riu outra vez. Esticou o braço e deu um tapinha de leve na cabeça de Eddie, então disse com simpatia quase paternal:

– Você está ficando doido. Deram erva para você comer ou um gaiato botou algum remédio no seu café.

– Ele não está doidão, Esmagador – disse alguém da multidão. – Está com os dois pés no chão.

– Ele vai ficar é com a cara no chão se não sair do caminho – disse outro observador.

– Ele vai sair do caminho – disse Plyne. – Só preciso estalar os dedos...

Eddie falou com o olhar. Seus olhos disseram para o leão-de-chácara: você vai precisar de mais que isso.

Plyne leu a mensagem dos olhos, conferiu outra vez e resolveu testar. Moveu-se na direção da garçonete. Eddie o acompanhou e continuou no caminho dele. Alguém gritou:

– Cuidado, Eddie...

O leão-de-chácara tentou acertá-lo como se fosse uma mosca. Ele se abaixou e o leão-de-chácara passou por ele e jogou o punho na direção da garçonete. Eddie se esquivou e sua mão direita fez contato com a cabeça de Plyne.

— O quê? – disse Plyne com raiva. Virou-se e olhou para Eddie. – Você fez isso? – perguntou.

Eu fiz?, perguntou Eddie a si mesmo. Fui eu mesmo? Foi sim. Mas não pode ser. Sou Eddie. Eddie não faria isso. O homem que faria isso é um vagabundo que há muito tempo foi embora, o homem selvagem cuja bebida favorita era seu próprio sangue, cuja carne favorita era a dos marginais de Hell's Kitchen, os vadios do Bowery, encrenqueiros de Greenpoint. E isso foi em outra cidade, outro mundo. Nesse mundo é Eddie quem senta ao piano, faz música e fica sempre na dele. Então por que...

O leão-de-chácara avançou e mandou um golpe com a mão esquerda, a direita pronta para segui-la. Quando ele soltou o braço, Eddie se abaixou e desferiu um direto de direita no estômago. Plyne rosnou e inclinou. Eddie deu um passo para trás e mandou, então, uma esquerda arrasadora contra a cabeça.

Plyne caiu.

A multidão estava em silêncio. O único barulho no Hut era a respiração pesada do leão-de-chácara, que estava apoiado sobre um joelho e sacudia a cabeça bem devagar.

Então alguém disse:

— Vou comprar óculos novos. Não estou enxergando direito.

— Você viu o mesmo que eu – disse outro. – Foi Eddie que fez isso.

— Estou dizendo que não pode ser o Eddie. O jeito que ele se mexeu... Não vejo algo assim há muitos anos. Desde Harry Armstrong.

— Ou Terry McGovern – observou um dos mais velhos.

— Isso mesmo, McGovern. Essa esquerda é igual à de McGovern, sem dúvida.

Então ficaram outra vez em silêncio. O leão-de-chácara estava se levantando. Ergueu-se bem devagar e olhou para a multidão. Eles se afastaram. Na extremidade externa, estavam afastando mesas e cadeiras para o lado.

— Isso mesmo — disse calmamente o leão-de-chácara. — Preciso de bastante espaço. — Então se virou e olhou para o homem do piano.

— Eu não quero fazer isso — disse Eddie. — Vamos parar agora, Wally.

— Claro — disse o leão-de-chácara. — Vai acabar logo, logo.

Eddie fez um gesto na direção da garçonete, que tinha ido para o lado mais distante do bar.

— Se você deixá-la em paz...

— Por enquanto — concordou o leão-de-chácara. — Agora eu quero é você.

Plyne avançou em sua direção.

Eddie recebeu-o com uma direita rápida na boca. Plyne recuou, avançou outra vez, caminhou direto para outra direita, que o acertou no queixo. Então Plyne tentou agarrá-lo projetando os dois braços ao mesmo tempo, e Eddie se abaixou bastante, com um sorriso aberto e satisfeito, e depois soltou uma direita curta que acertou o queixo já avariado. Plyne andou para trás outra vez, então avançou fazendo pequenos desvios, cauteloso.

A cautela não ajudou. Plyne levou uma direita na cabeça, três esquerdas no olho esquerdo e um direto de direita bem na boca. O leão-de-chácara abriu a boca e dois dentes caíram.

— Valei-me São Pedro — disse alguém com a respiração ofegante.

Plyne, agora, estava tomando muito cuidado. Simulou lançar uma esquerda, atraiu Eddie, lançou um cruzado de esquerda que passou no vazio e levou uma série de esquerdas na cabeça. Sacudiu a cabeça, atraiu Eddie outra vez com uma outra esquerda simulada, então cruzou a direita. Dessa vez acertou. Pegou Eddie no queixo e ele saiu voando. Ele caiu de costas no chão. Seus olhos ficaram fechados por alguns instantes. Ele ouviu alguém dizer:

– Pegue um pouco de água...

Ele abriu os olhos e deu um sorriso para o leão-de-chácara.

Plyne sorriu de volta.

– Como estamos indo?

– Estamos bem – disse Eddie. Levantou-se. O leão-de-chácara avançou rápido, acertou-o no queixo, Eddie caiu outra vez e se ergueu bem devagar, sempre sorrindo. Levantou os punhos, mas Plyne estava perto e o empurrou para trás. Plyne testou-o com uma esquerda longa que o arremessou contra a mesa, e então o acertou com uma direita que o jogou por cima da mesa, com as pernas para cima. Ele caiu no chão, rolou e se levantou.

Plyne tinha dado a volta na mesa e agora estava esperando por ele. Mandou uma direita na cabeça, um gancho de esquerda nas costelas, então armou e mandou um gancho que o pegou no lado da cabeça. Ele caiu de joelhos.

– Fique aí – gritou alguém para ele. – Fique aí.

– Fique aí, Eddie...

– Por que ele deveria ficar aí? – perguntou o leão-de-chácara. – Olhe para o sorriso dele. Está se divertindo tanto...

– Muito – disse Eddie. E então se levantou muito rápido e socou o leão-de-chácara na boca, no olho machucado e na boca outra vez. Plyne gritou em agonia quando seu olho levou outro corte, profundo.

A multidão estava encostada contra a parede. Viram o leão-de-chácara rolar depois de levar uma pancada forte na boca. Viram o homem menor investir e acertá-lo no estômago. Plyne respirava com dificuldade, encolhido, quase caindo. O homem menor veio com uma direita que o deixou aprumado outra vez. Então mandou uma esquerda perfeita que acertou o olho já muito machucado.

Plyne gritou.

Uma mulher gritou no meio da multidão.

Outro homem berrou:

– Alguém pare com isso...

Plyne levou outro gancho de esquerda no olho ruim, então uma direita veloz na boca, mais uma esquerda no olho, uma direita no rosto machucado e mais duas direitas no mesmo lugar. O leão-de-chácara abriu a boca para gritar outra vez e levou uma direita no queixo. Caiu por cima de uma cadeira que se despedaçou. Avançou às cegas, o queixo no chão e a mão segurando um pedaço de madeira, a perna da cadeira. Quando levantou, balançou o porrete com toda a força contra a cabeça do homem menor.

O porrete passou no vazio. Plyne tentou outra vez e errou. O homem menor recuava. O leão-de-chácara avançou devagar, então aproximou-se devagar e golpeou outra vez, e o porrete roçou o ombro do homem menor.

Eddie continuava a recuar. Esbarrou em uma mesa e desviou-se para o lado quando o leão-de-chácara tentou outra vez acertar seu crânio. O pedaço de madeira não acertou sua têmpora por poucos centímetros.

Perto demais, disse para si mesmo Eddie. Perto demais para o bem-estar e a saúde. Isso faz sentido, você está na lista crítica. Você falou crítica? Com a sua atual forma, já está crítico. Como você ainda consegue ficar em pé? Olhe para ele. Ele está completamente louco, e isso não é um palpite, não é teoria. Olhe só os seus olhos. Ou melhor, o olho, o outro está um caco. Olhe para o olho aberto. Está vendo o que há lá dentro? É carnificina. Ele quer sangue, e você precisa fazer alguma coisa.

Seja lá o que for, é melhor que seja rápido. Agora estamos na reta final. Perto da linha de chegada. É, dessa vez ele quase pegou você. Um ou dois centímetros e estaria acabado. Malditas mesas. Todas essas mesas no caminho. Mas a porta, a porta dos fundos. Acho que você está perto o suficiente para tentar alcançá-la. Claro, é a única coisa que pode fazer. Quer dizer, se quiser sair daqui com vida.

Ele fez a volta e correu na direção da porta dos fundos. Ao se aproximar da porta, ouviu um grito alto e surdo da multidão. Fez um giro e viu que o leão-de-chácara se dirigia para a garçonete.

Ela estava de costas para o bar. Estava encurralada, ali, presa. De um lado, havia as mesas viradas. Do outro, a multidão. O leão-de-chácara andava bem devagar, os ombros arqueados, o porrete erguido.

Plyne estava a uns sete metros da garçonete. Depois a cinco. Passou por cima de uma cadeira caída, mais arqueado e abaixado, agora. Moveu-se para afastar uma mesa virada. Nesse instante, Eddie fez seu movimento.

A multidão viu Eddie correndo na direção do bar, então saltando sobre sua superfície de madeira, então se atirando contra o balcão de comida na outra extremidade do bar. Eles o viram pegar uma faca de pão no balcão de comida.

Ele saiu de trás do balcão e posicionou-se entre a garçonete e o leão-de-chácara. Era uma faca grande. Tinha lâmina de aço inoxidável e estava muito afiada. Ele pensou: o leão-de-chácara sabe como está afiada, já viu Harriet usá-la para cortar pão e carne. Acho que agora ele vai soltar o porrete e botar a cabeça no lugar. Olhe, ele parou, está ali de pé. Se ele largasse esse porrete.

– Solte, Wally.

Plyne não largou o porrete. Olhou para a faca, depois para a garçonete, e então outra vez para a faca.

– Largue esse pau – disse Eddie. Deu um passo à frente.

Plyne recuou alguns metros, parou e olhou ao redor meio que sem saber o que fazer. Então olhou para a garçonete e soltou um ruído incompreensível.

Eddie deu outro passo para a frente. Ergueu um pouco a faca. Chutou a mesa virada e abriu espaço entre si mesmo e o leão-de-chácara.

Mostrou os dentes para ele, e disse:

– Tudo bem, eu já dei uma chance a você...

Uma mulher soltou um guincho alto no meio da multidão. Era Harriet, que gritou:

– Não, Eddie... por favor!

Ele queria olhar para Harriet, para dizer a ela com os olhos: tudo bem, só estou blefando. E pensou: você não pode fazer isso. Tem de manter os olhos nesse cara aqui. Tem que empurrá-lo com seus olhos, empurrá-lo para trás...

Plyne estava recuando outra vez. Ainda segurava o porrete, mas agora sem muita firmeza. Não parecia ter consciência de que o tinha na mão. Deu mais alguns passos para trás. Então sua cabeça virou-se e ele olhou para a porta dos fundos.

Acho que está funcionando, Eddie disse para si mesmo. Se eu puder tirá-lo daqui, fazer com que saia correndo do Hut por aquela porta e fique longe da garçonete...

Olhe, agora ele largou o porrete. Tudo certo, legal. Você está indo bem, Esmagador. Acho que vai conseguir. Vamos lá, Esmagador, colabore. Não, não olhe para ela. Olhe para mim, para a faca. Está tão afiada, Esmagador. Quer escapar dela? Só precisa correr para aquela porta. Por favor, Wally, corra para a porta, vou ajudá-lo a conseguir, vou com você, bem atrás de você...

Ele ergueu a faca bem alto. Aproximou-se e fingiu dar um golpe contra a garganta do leão-de-chácara.

Plyne virou-se e correu para a porta dos fundos.

Eddie foi atrás dele.

– Não... – disse Harriet.

E então foi a multidão:

– Não, Eddie. Eddie...

Ele perseguiu Plyne pelas salas dos fundos do Hut, através da porta que dava para o beco. Plyne seguia bem rápido pela ruela coberta de neve e fustigada pelo vento. Tenho que ficar perto dele, pensou Eddie. Tenho que ficar com o Esmagador, que, agora, precisa de um amigo. Sem a menor dúvida, ele necessita de uma mão no ombro, uma voz amiga que diga: tudo bem, Wally, está tudo bem.

Plyne olhou para trás e o viu chegando com a faca. Plyne correu mais rápido. Era um beco muito comprido, ele corria contra o vento. Logo Plyne vai ter que parar, pensou Eddie. Está carregando muito peso e muito machucado, não vai conseguir manter esse ritmo. E você está bem leve. Que bom que não está de sobretudo. Ou talvez nem tanto, pois vou dizer uma coisa a você, parceiro, está muito frio aqui fora.

O leão-de-chácara estava a meio caminho no beco, virando-se outra vez para olhar para trás, então andou de lado e bateu contra as tábuas de uma cerca alta. Tentou escalar a cerca, mas não conseguiu apoio para o pé. Escorregou na neve, caiu, levantou, olhou outra vez para trás e correu de novo. Cobriu mais trinta metros e parou novamente, então tentou uma porta na cerca. Estava aberta, e ele entrou.

Eddie correu até a porta. Ainda estava aberta. Dava para o pequeno quintal dos fundos de uma casa de dois andares. Quando entrou no quintal, viu Plyne tentar escalar a parede da casa. Ele cravava os dedos na parede, tentando enfiá-los nas pequenas fendas entre os tijolos vermelhos. Parecia querer mesmo subir aquela parede, nem que tivesse de arrancar fora toda a carne de seus dedos.

– Wally...

O leão-de-chácara continuou tentando escalar a parede.

– Wally, escute.

Plyne saltava e seus dedos arranhavam os tijolos da parede. Caiu, curvado e de joelhos. Levantou-se, se arrumou, olhou para a parede e então virou-se devagar e ficou de frente para Eddie.

Eddie sorriu para ele e largou a faca, que caiu com um barulho surdo na neve.

O leão-de-chácara olhou para a faca. Estava meio escondida na neve. Plyne apontou para ela com um dedo que tremia.

– Esquece isso – disse Eddie, e chutou a faca para o lado.

– Você não vai...

– Deixa pra lá, Wally.

O leão-de-chácara ergueu a mão até o rosto coberto de sangue, então olhou para Eddie.

– Deixar pra lá? – resmungou e começou a andar para a frente. – Como eu posso deixar isso pra lá?

Calma, agora, pensou Eddie. Vamos devagar e com calma. Ele continuou sorrindo para o leão-de-chácara e disse:

– Vamos fazer o seguinte... pra mim, chega.
Mas Plyne continuou avançando.
– Ainda não. É preciso haver um vencedor.
– Você ganhou – disse Eddie. – É grande demais para mim, só isso. É mais do que eu agüento.
– Não tente me enrolar – disse o leão-de-chácara, seu cérebro dolorido de alguma maneira fazendo uma avaliação através da nuvem vermelha, de alguma forma vendo as coisas do jeito que realmente eram. – Todos me viram fugir. O leão-de-chácara caçado. Vou virar piada...
– Escute, Wally...
– Eles vão rir de mim – disse Plyne. Agora estava em posição de ataque, balançando os ombros ao avançar lentamente. – Não vou aturar isso. É a única coisa que não agüento. Eles precisam saber...
– Eles sabem, Wally. Não precisam de prova.
– Eles precisam saber – disse Plyne, como se falasse consigo mesmo. – Tenho que apagar tudo o que ela falou de mim. Que eu sou um ninguém, uma farsa, um traste, um verme rastejante...
Eddie olhou para a faca que estava na neve. Agora é tarde demais, pensou. É tarde demais para conversa. Tarde demais para qualquer coisa. Bem, você tentou.
– Mas agora escute aqui – apelou a si mesmo o leão-de-chácara. – Os nomes que ela me chamou... não são de verdade. Só tenho um nome. Sou o Esmagador... – Ele estava soluçando, os ombros largos tremendo. – Sou o Esmagador, e eles não vão rir do Esmagador.
Plyne saltou e jogou seus braços para frente. Eles agarraram e apertaram Eddie pela cintura. É, ele é o Esmagador, pensou Eddie. Sentia a tremenda força esmagadora daquele abraço de urso. Era como se suas entranhas estivessem sendo espremidas para dentro de seu tórax. Não conseguia respirar, não conseguia sequer

tentar respirar. A boca estava escancarada, a cabeça pendia para trás, e seus olhos se apertaram enquanto era submetido à pressão do queixo do leão-de-chácara contra seu esterno. Ele disse a si mesmo: você não vai agüentar isso. Nenhuma criatura viva agüentaria isso e continuaria viva.

O leão-de-chácara agora o havia levantado, seus pés estavam a vários centímetros do chão. Conforme a pressão do abraço de urso aumentava, Eddie balançava as pernas para a frente, como se tentasse dar um salto-mortal de costas. Suas pernas acertaram entre os joelhos do leão-de-chácara, que perdeu o equilíbrio e derrubou os dois no chão. Eles sentiram a umidade fria da neve. Plyne estava em cima dele, ainda aplicando o abraço de urso, os joelhos afastados bem apoiados na neve enquanto os braços maciços faziam mais pressão.

Os olhos de Eddie continuaram fechados. Tentou abri-los, mas não conseguiu. Então tentou mexer o braço esquerdo, pensando em suas unhas, dizendo a si mesmo que precisaria de garras e que se conseguisse alcançar o rosto do leão-de-chácara...

Seu braço esquerdo ergueu-se alguns centímetros e caiu de volta na neve. A neve em contato com sua mão estava muito fria. Então algo aconteceu e ele não sentia mais o frio. Você está indo embora, disse a si mesmo. Está apagando. E enquanto o pensamento penetrava a névoa em seu cérebro como um turbilhão, ele tentava com a mão direita.

Tentava o quê?, perguntou a si mesmo. O que podemos fazer agora? A mão direita movia-se debilmente pela neve. Então seus dedos tocaram algo duro e de madeira. No momento do contato, ele soube o que era. Era o cabo da faca.

Ele pegou a faca e disse a si mesmo: no braço, acerte

no braço. E então conseguiu abrir os olhos, o que restava de sua força agora concentrado nos olhos e nos dedos que agarravam a faca. Ele fez a mira, com a faca apontando para o braço esquerdo de Plyne. Enfie fundo, disse a si mesmo. Para que ele sinta e tenha que soltar.

A faca ergueu-se. Plyne não viu o golpe. Naquele momento, Plyne mudou de posição para fazer mais pressão com o abraço de urso. Ao mudar da direita para a esquerda, Plyne levou a lâmina no peito. A faca entrou muito fundo.

– O quê? – disse Plyne. – O que fez comigo?

Eddie olhou para sua própria mão, que ainda segurava o cabo da faca. O leão-de-chácara parecia estar se afastando dele, andando de costas e de lado. Viu a lâmina tingida de vermelho e então Plyne caiu e rolou na neve.

O leão-de-chácara rolou. Ficou de costas, de bruços, e então outra vez de costas. Ficou ali. A boca estava escancarada e ele tentou respirar fundo. Seus olhos se arregalaram muito. Então deu um suspiro. Os olhos permaneceram abertos, e ele estava morto.

Capítulo doze

Eddie ficou ali sentado na neve e olhou para o morto. Disse a si mesmo: quem fez isso? Então caiu de costas na neve, ofegando e tossindo, tentando afrouxar as coisas por dentro. Estava tão apertado lá dentro, pensou, as mãos agarradas ao abdômen, tudo esmagado e fora de lugar. Está sentindo? Claro que está sentindo. E aquela outra coisa aqui na neve é trabalho seu, parceiro. Quer olhar outra vez? Quer admirar sua obra?

Não, agora não. Há outro trabalho que temos de fazer agora. Os sons que você escuta no beco são os freqüentadores do Hut que estão saindo para ver como está o placar. Por que esperaram tanto? Bem, deviam estar assustados. Ou com uma espécie de paralisia, acho que é isso. Mas agora estão no beco. Estão abrindo as portas das cercas, as que não estão trancadas. Claro, acham que estamos em um desses quintais. Então o que você precisa fazer é mantê-los fora deste aqui. Tranque aquela porta.

Mas espere... Veja por outro ângulo. Como você não quer que eles vejam? Ele vão acabar vendo, cedo ou tarde. E, na verdade, foi um acidente. Você não queria fazer isso. Mirou no braço, e ele se mexeu, viajou uns dez ou quinze centímetros, da direita para a esquerda, do lugar certo para o errado. Claro, foi isso o que aconteceu, ele se mexeu para o lugar errado e aconteceu um acidente.

Você diz que foi acidente. O que eles vão dizer? Vão dizer que foi assassinato.

Vão somar os fatos com sua própria versão do que aconteceu no Hut. O jeito como você o ameaçou com a faca. A maneira como foi atrás dele quando ele fugiu. Mas espere aí, você sabe que estava blefando.

Claro, amigo. Você sabe. Mas eles, não. E, no fim das contas, é isso. Esse blefe foi uma canoa furada. Porque foi um blefe perfeito, perfeito demais. Você vendeu bem seu peixe, meu caro. Sabe que Harriet acreditou, todos acreditaram. Vão dizer que você tinha a palavra homicídio escrita por todo o seu rosto.

Quer fazer uma previsão? Acho que vai ser de segundo grau e vou pegar cinco anos, ou sete, ou dez, ou talvez mais, dependendo do estado emocional ou do estado do estômago das pessoas na comissão de condicional. Você está disposto a aceitar um acordo desses? Bem, francamente, não. Não mesmo.

É melhor você se mexer agora. Melhor trancar aquela porta.

Ele se apoiou sobre os cotovelos. Virou a cabeça e olhou para a porta na cerca. A distância entre ele e a porta era difícil de calcular. Não havia muita luz. O que restava do sol estava bloqueado pela cortina cinza-escura, a cortina bem grossa lá em cima, e ainda mais espessa aqui onde estava salpicada com a neve branca que caía com força. Aquilo lembrou-o outra vez que ele não estava usando sobretudo. Pensou, tonto e estúpido: precisa voltar e pegar seu casaco, vai congelar aqui.

Faz mais frio em uma cela. Não há nada mais frio que uma cela, meu amigo.

Ele estava rastejando pela neve, movendo-se na direção da cerca que estava a uns cinco metros de distância. Por que estou fazendo desse jeito? Perguntou a si mesmo. Por que não levantar e andar até lá?

A resposta é: porque você não consegue se levantar.

Está acabado. Precisa é de uma cama quente e um quarto branco e algumas pessoas vestidas de branco para cuidar de você. Pelo menos para dar uma injeção que faça a dor sumir. Está doendo demais. Será que suas costelas estão inteiras? Tudo bem, vamos parar com essas malditas lamentações. Vamos continuar na direção da porta.

Enquanto rastejava pela neve na direção da porta da cerca, ouviu os sons que vinham do beco. Os sons, agora, estavam mais perto. As vozes se misturavam com o clangor das portas de cercas dos dois lados da ruela. Ele ouviu alguém gritar:

– Tente esta aqui... esta está trancada.

E outra voz:

– Talvez eles tenham ido até o fim do beco... talvez tenham saído na rua.

Uma terceira voz discordou:

– Não, eles estão em algum desses quintais... não podiam ter chegado na rua tão rápido.

– Bem, eles devem estar em algum lugar por perto.

– É melhor chamar a polícia...

– Não parem, está bem? Continuem tentando as portas.

Ele, agora, rastejava um pouco mais rápido. Para ele, parecia que estava praticamente parado. Sua boca aberta implorava que o ar entrasse. Quando entrou, pareceu mais que alguém estava jogando cinzas quentes em sua garganta. Você precisa chegar lá. Chegar naquela porta e trancá-la. A porta.

As vozes agora estavam mais perto. Então um deles gritou:

– Ei, veja, as pegadas...

– Que pegadas? Tem mais de dois tipos de pegadas.

– Vamos tentar a Spaudling Street...

– Estou congelando aqui.

– Eu acho que a gente devia chamar a polícia...

Ele os ouviu se aproximarem. Estava a um metro da porta. Tentou se levantar. Conseguiu ficar de joelhos, tentou se erguer mais um pouco e os joelhos cederam. Ele caiu de cara na neve. Levante, disse a si mesmo. Levante, seu vagabundo.

Suas mãos empurraram com mais força o chão coberto de neve. Os braços se esticaram, os joelhos se equilibraram e ele conseguiu se erguer. Levantou-se e caiu para a frente, segurando a porta da cerca. Suas mãos fecharam-na e então ele passou a tranca. Depois de trancar a porta, caiu outra vez.

Acho que agora estamos bem, pensou. Pelo menos por enquanto. Mas e depois? Bem, vamos falar sobre isso mais tarde. Quero dizer, quando estiver tudo limpo, quando eles tiveram saído do beco. Então vamos poder sair daqui. E ir aonde? Você me pegou, meu amigo. Não tenho a menor idéia.

Ele estava deitado de lado, descansando, sentindo a neve sob o rosto, mais neve caindo sobre sua cabeça, o vento rasgando sua carne e todo aquele frio penetrando fundo e cortando seus ossos. Ouviu as vozes no beco, os passos, as portas das cercas se abrindo e fechando, apesar de, agora, o barulho estar menos claro ao se aproximar. Então o barulho estava bem em frente da porta, passou por ela e perdeu a clareza, tornou-se mais como um zumbido distante. Parecia uma canção de ninar, pensou indistintamente. Seus olhos estavam fechados, a cabeça afundada no travesseiro de neve. Ele flutuou e apagou.

A voz o acordou. Ele abriu os olhos, se perguntando se estava realmente escutando aquilo.

– Eddie...

Era a voz da garçonete. Ele ouviu seus passos no beco, movendo-se devagar.

Ele sentou, piscando. Levantou o braço para proteger o rosto do vento forte e da neve.

– Eddie...

É ela, sim. O que será que quer?

O braço afastou-se do rosto. Ele olhou ao redor e para o alto e viu o céu cinzento, a neve que caía forte sobre as casas, os flocos no telhado soprados pelo vento e caindo nos quintais. Agora a neve tinha-se transformado em um cobertor branco fino sobre o volume que estava ali no chão.

Ainda estava ali, pensou ele. O que você esperava? Que ele se levantasse e fosse embora?

– Eddie...

Desculpe, não posso conversar com você agora. Estou meio ocupado aqui. Preciso conferir umas coisas. Primeiro: o fator tempo. A que horas fomos dormir? Bem, acho que não dormimos muito. Vamos dizer que foram uns cinco minutos. Devíamos ter dormido mais. Estou precisando muito de sono. Tudo bem, vamos dormir de novo, as outras coisas podem esperar.

– Eddie... Eddie...

Será que está sozinha? Perguntou a si mesmo. Parece que sim. É como se ela dissesse: está limpo, agora você pode sair.

Ouviu a garçonete chamar outra vez. Levantou-se bem devagar, destrancou a porta e a abriu.

Passos vieram correndo na direção da porta. Ele se afastou e se apoiou pesadamente contra a cerca quando ela entrou no quintal. Ela olhou para ele, começou a dizer algo e então parou. Seus olhos seguiram a direção em que o dedo dele apontava. Ela caminhou devagar naquela direção, seu rosto sem expressão ao se aproximar do cadáver. Por alguns momentos, ficou parada olhando para ele. Então sua cabeça virou-se um pouco e fixou-se na faca suja de sangue cravada na neve. Ela afastou os olhos da faca e do cadáver, deu um suspiro e disse:

– Coitada da Harriet.

– É – disse Eddie. Ele estava abaixado contra a cerca. – Não vai ser fácil para a Harriet. É...

Não conseguiu pronunciar as palavras. Uma pontada de dor arrancou um gemido de seus lábios. Caiu de joelhos e sacudiu a cabeça devagar.

– Isso vai e vem – resmungou e ouviu a garçonete dizer:

– O que aconteceu aqui?

Ela estava de pé ao lado dele, que levantou os olhos. Superou a dor latejante e a fadiga que se abatia sobre ele e conseguiu sorrir.

– Você vai ler sobre isso...

– Conte agora – ela se ajoelhou ao lado dele. – Preciso saber agora.

– Por quê? – ele baixou o sorriso e olhou para a neve. Então deu outro gemido e o sorriso desapareceu. – Não importa...

– O diabo que não importa. – Ela o segurou pelos ombros. – Quero saber os detalhes. Preciso saber qual é a nossa situação.

– Nossa?

– É, nossa. Vamos lá, me conte...

– O que há para contar? Você pode ver por si mesma...

– Olhe para mim – disse ela, e se aproximou quando ele levantou um pouco a cabeça. Falou baixo e com calma, em um tom clínico. – Tente não apagar. Precisa ficar acordado. Precisa me contar o que aconteceu aqui.

– Alguma coisa deu errado...

– Foi isso o que percebi. Estou falando da faca. Você não é de usar faca. Só queria assustá-lo, tirá-lo do Hut, afastá-lo de mim. Não foi isso?

Ele deu de ombros.

– Que diferença...

– Pare com isso – interrompeu ela abruptamente. – Precisamos esclarecer isso aqui.

Ele gemeu outra vez e deixou escapar uma tosse.

– Agora não posso falar.

– Você precisa – ela apertou mais seus ombros. – Precisa me contar.

– Só um desses negócios que dá errado. Achei que eu podia conversar com ele. Mas não deu. Ele já estava fora de si. Completamente louco. Veio correndo em minha direção, me agarrou e começou a me apertar como seu eu fosse geléia.

– E a faca?

– Estava no chão. Tinha jogado a faca fora para que ele soubesse que eu não queria matá-lo. Mas então ele me apertou e estava quase me matando com o peso todo em cima de mim. Eu estiquei a mão e achei a faca. Tentei acertar o braço dele...

– E aí? Vai, conta...

– Achei que se o acertasse no braço, ele me soltaria. Mas naquele momento ele se mexeu. Foi rápido demais e não consegui parar a tempo. Errei o braço e acertei o peito.

Ela se levantou. Sua expressão estava fechada. Estava pensando naquilo tudo. Andou até a porta da cerca, então virou-se devagar e ficou ali parada olhando para ele.

– Quer fazer uma aposta?

– O quê?

– A possibilidade de engolirem isso.

– Eles não vão engolir – disse ele. – Só querem saber de provas e indícios.

Ela ficou calada. Afastou-se da cerca e começou a andar em um pequeno círculo, a cabeça abaixada.

Ele se levantou do chão, com grande esforço, gemendo e ofegante, até ficar de joelhos. Encostou-se na cerca e apontou para o meio do terreno onde a neve estava manchada de vermelho.

– Olhe lá – disse ele. – Fui eu quem fiz o serviço. É tudo o que precisam saber.

– Mas não foi culpa sua.

– Tudo bem. Vou dar essa dica a eles. Vou escrever uma carta.

– Claro que vai. De onde?

– Ainda não sei. Só sei que preciso viajar.

– Você está em ótima forma para viajar.

Ele olhou para a neve no chão.

– Acho que vou só cavar um buraco e me esconder.

– Não está certo – disse ela. – Não foi sua culpa.

– Olhe, me diga uma coisa. Onde posso comprar um helicóptero?

– Foi culpa dele. Ele estragou tudo.

– Pode ser um balão – resmungou Eddie. – Um balão grande para me tirar daqui, passar por cima dessa cerca e me levar para fora da cidade.

– Que festa.

– É. Não é mesmo uma festa daquelas?

Ela virou-se e olhou para o cadáver.

– Idiota – falou para o corpo. – Você é um completo idiota.

– Não diga isso.

– Idiota. Idiota – falou baixinho para o cadáver. – Olhe só o que você fez.

– Pare com isso – disse Eddie. – E pelo amor de Deus, vá embora daqui. Se eles encontrarem você comigo...

– Eles não vão – disse ela, que fez um aceno para ele e então gesticulou na direção da porta.

Ele hesitou.

– Para onde eles foram?

– Atravessaram a Spaudling Street – disse ela. – Então subiram o outro beco. Por isso eu voltei. Sabia que você devia estar em um desses quintais.

Ela andou na direção da cerca e ficou ali de pé esperando por ele. Ele avançou bem devagar, curvado, as mãos apertando a barriga.

– Você consegue? – perguntou ela.

– Não sei. Acho que não.

– Tente. Você precisa tentar.

– Dê uma olhada lá fora – disse ele. – Quero ter certeza de que a barra está limpa.

Ela inclinou-se para fora e olhou para o beco para ver se estava vazio.

– Tudo bem – disse ela. – Vamos.

Ele deu mais alguns passos em sua direção, então seus joelhos bambearam e ele começou a cair. Ela foi rápida e o segurou pelas axilas.

– Vamos – disse ela. – Vamos agora. Você está indo bem.

– Estou. Maravilhosamente bem.

Ela o segurou de pé e o empurrou para a frente, então os dois saíram para o beco e começaram a caminhar. Ele viu que estavam seguindo na direção do Hut. Ouviu-a dizer:

– Agora não tem ninguém lá. Todo mundo está do outro lado da Spaudling Street. Acho que nós temos uma chance.

– Pare de dizer nós.

– Se nós conseguirmos chegar ao Hut...

– Olhe aqui, não somos nós. Não gosto desse negócio de *nós*.

– Não – disse ela. – Não me fale isso.

— Estou melhor sozinho.

— Pare — reclamou ela. — Isso é uma bobagem.

— Olhe aqui, Lena... — Ele fez uma tentativa fraca para soltar-se dela.

Ela segurou-o com mais força pelas axilas.

— Vamos continuar andando. Vamos, estamos quase chegando.

Os olhos dele estavam fechados. Ele se perguntou se estavam parados ou andando. Ou apenas flutuando sobre a neve, levados pelo vento. Não havia como ter certeza. Você está apagando de novo, disse para si mesmo. E sem emitir som, falou para ela: solte-me, solte-me. Não está vendo que quero dormir? Não pode me deixar em paz? Olhe aqui dona, quem é você? Qual é a jogada?

— Estamos quase lá — disse ela.

Quase onde? Do que ela está falando? Aonde está me levando? Aposto que para algum lugar escuro. Claro, o lance é esse. Você vai dançar. E talvez arrebentem a sua cabeça, se é que ela ainda não está arrebentada. Mas por que ficar chorando suas mazelas? As outras pessoas também têm problemas. Todo mundo têm. Menos as pessoas nos lugares onde o tempo é sempre bom. Não está em nenhum mapa, e as pessoas o chamam de Terra do Nada. Eu já estive lá e sei como é, e vou dizer uma coisa, era uma absoluta delícia, e o ritmo nunca mudava, era você ao piano e nenhum problema. Até que as complicações apareceram. Essa complicação que temos aqui. Ela veio com esse rosto e esse corpo, e, antes que se desse conta, você tinha sido fisgado. Tentou escapar, mas estava muito bem preso. A fisgada era profunda. O pescador pegou você, que está pronto para ir para a panela. Bem, é melhor que congelar. E está muito frio aqui fora. Aqui fora onde? Onde estamos?

Ela abaixou-se até a neve e o levantou. Ele cambaleou, esbarrou nela e atravessou o beco andando de lado até bater contra uma cerca. Então caiu no chão outra vez. Ela o pôs de pé outra vez.

– Droga. Vamos lá, acorda. – Ela abaixou-se, pegou um pouco de neve com a mão e esfregou no rosto dele.

Quem fez isso? Ele se perguntou. Quem acertou quem? Quem acertou Cy no olho com um sorvete? Foi você, George? Escute aqui, George, se continuar a agir desse jeito, vai levar um soco nos dentes.

Ele socou o ar às cegas, quase a acertou no rosto, e ia cair outra vez quando ela o segurou. Por alguns momentos, ainda pareceu lutar, mas logo desabou nos braços dela, que deslizou até ficar por trás dele, segurando-o com os braços em torno do peito.

– Agora ande – disse ela. – Ande, droga.

– Pare de me empurrar – resmungou ele. Estava com os olhos fechados. – Por que está me empurrando? Eu tenho pernas...

– Então use-as – ordenou. Ela o acertava com os joelhos para o empurrar para a frente. – Está pior que um bêbado – resmungou, chutando-o com mais força quando tentava se apoiar nela. Seguiram cambaleando sob a neve que caía forte. Passaram por quatro portas de cercas. Ela calculava a distância em termos de portas do lado esquerdo do beco. Faltavam seis para chegar no Hut quando ele caiu de novo. Caiu para frente, de cara na neve, levando-a junto. Ela se levantou, tentou erguê-lo, mas dessa vez não conseguiu. Deu um passo para trás e respirou fundo.

Enfiou a mão dentro do casaco, por baixo do avental, e pegou o alfinete de chapéu de quinze centímetros. Enfiou o alfinete longo na batata da perna dele. Depois enfiou de novo, mais fundo.

– O que está me picando? – resmungou ele.

— Está sentindo? — disse ela. E usou outra vez o alfinete de chapéu.

Ele ergueu os olhos para ela e disse:

— Está se divertindo?

— Muito — disse ela, e mostrou o alfinete. — Quer mais?

— Não.

— Então levante.

Ele fez um esforço para se levantar. Ela jogou fora o alfinete de chapéu e o ajudou a ficar de pé. Seguiram pelo beco até a porta dos fundos do Hut.

Ela conseguiu mantê-lo de pé quando entraram, passaram pelas salas dos fundos e, então, desceram devagar os degraus que levavam ao porão. No porão, praticamente carregou-o até as pilhas altas de caixas de cerveja e uísque. Botou-o no chão e o arrastou para trás das caixas de madeira e papelão. Ele ficou deitado de lado, balbuciando palavras sem sentido. Ela o sacudiu pelos ombros e ele abriu os olhos.

— Agora escute — sussurrou ela. — Espere aqui. Não se mexa. Não faça barulho. Entendeu?

Ele acenou de leve com a cabeça.

— Acho que você vai ficar bem — disse ela. — Pelo menos por enquanto. Eles vão procurar você e Plyne pela vizinhança. Provavelmente vão encontrar Plyne. Vão voltar a procurar no beco e vão encontrar o corpo. Então vão chamar a polícia, e ela é que vai começar a procurar você. Mas não acho que eles vão procurar aqui. A menos que tenham um palpite muito feliz. Então talvez haja uma chance...

— Grande chance — murmurou ele. Estava com um sorriso estranho. — O que eu vou fazer? Passar o inverno todo aqui?

Ela olhou para o outro lado.

– Espero tirar você daqui hoje à noite.
– Para fazer o quê? Dar uma volta no quarteirão?
– Se tivermos sorte, vamos passear.
– Em uma montanha-russa? Ou de trenó?
– De carro – disse ela. – Vou ver se consigo um carro emprestado...
– Com quem? – perguntou ele. – Quem tem um carro?
– Minha senhoria. – Então ela olhou para o outro lado de novo.

Ele falou devagar enquanto observava o rosto dela.
– Você deve ter muito prestígio com sua senhoria.
Ela não disse nada.
– Qual é a jogada? – disse ele.
– Sei onde ela guarda as chaves.
– Ótimo – disse ele. – É uma idéia ótima. Agora me faça um favor: esqueça.
– Mas escute...
– Esqueça – disse ele. – E obrigado por tudo, mesmo assim.

Então ele se virou de lado, de costas para ela.
– Tudo bem, dorme. A gente se vê depois.
– Não, não se vê não. – Ele ergueu-se apoiado no cotovelo, virou-se e olhou para ela. – Vou pedir com educação: não volte aqui.

Ela sorriu para ele.
– Estou falando sério – disse ele.
Ela continuou sorrindo.
– Até logo, senhor.
– Falei para você não voltar.
– Até logo – disse ela, a caminho das escadas.
– Não vou estar aqui – gritou ele. – Vou...
– Vai esperar por mim – disse ela, que se virou e olhou para ele. – Vai ficar bem aqui esperando por mim.

Ele baixou a cabeça até o chão do porão. Era de cimento e estava frio. Mas o ar em volta dele estava quente, e o aquecedor ficava a menos de três metros. Sentiu o calor tomando seu corpo quando fechou os olhos. Ouviu os passos dela subirem as escadas do porão. Era um som agradável que se misturava com o calor. Tudo estava muito confortável, e ele disse para si mesmo: ela vai voltar, vai voltar. Então dormiu.

Capítulo treze

Dormiu por seis horas. Então a mão dela sacudiu-o pelo ombro. Ele abriu os olhos, sentou e ouviu-a sussurrar:

– Silêncio... muito silêncio. A polícia está lá em cima.

Estava escuro no porão. Ele não conseguia sequer ver os contornos do rosto dela.

– Que horas são? – perguntou ele.

– Umas dez e meia. Você dormiu bastante.

– Estou sentindo o cheiro de uísque.

– Sou eu – disse ela. – Tomei alguns drinques com os tiras.

– Eles pagaram?

– Eles nunca pagam. Ficaram ali perto do bar, e o barman, que já tomou umas, está há horas dando cerveja de graça pra eles.

– Quando eles o encontraram?

– Pouco antes de escurecer. Umas crianças saíram da casa para fazer uma guerra de bolas de neve e o viram no quintal.

– O que é isso – perguntou ele ao sentir algo pesado em seu braço. – O que você trouxe?

– Seu sobretudo. Vista. Vamos sair.

– Agora?

– Agora mesmo. Vamos usar a escada e sair pela porta de serviço.

– E depois?

— O carro — disse ela. — Peguei o carro.

— Olhe, eu disse a você...

— Cale a boca — sibilou ela. — Agora vamos, de pé.

Ela o ajudou a se levantar do chão. Ele ergueu-se devagar e com muito cuidado. Estava preocupado em não esbarrar nos engradados de madeira e nas caixas de cerveja de papelão.

— Preciso de um fósforo — murmurou ele.

— Eu tenho alguns. — Acendeu um fósforo e eles olharam um para o outro naquela luz alaranjada. Ele sorriu. Ela não sorriu de volta. — Vista — disse ela, indicando o sobretudo.

Entrou no casaco e seguiu-a na direção da escada de ferro que levava a uma porta de ferro que dava para a rua. O fósforo se apagou e ela acendeu outro. Estavam perto da escada quando ela parou, virou-se, olhou para ele e disse:

— Você consegue subir essa escada?

— Vou tentar.

— Vai conseguir. Segure-se em mim. — Começou a subir a escada e ele foi atrás, segurando-a pela cintura. — Segure com mais força. — Ela acendeu outro fósforo e disse: — Apóie a cabeça em mim e fique perto. Aconteça o que acontecer, não me solte.

Eles subiram alguns degraus e pararam para descansar. Mais alguns degraus e fizeram outra pausa.

— Como está indo? — perguntou ela.

— Ainda estou aqui — murmurou ele.

— Segure mais apertado.

— Não está apertado?

— Não. Segure mais firme. — Ela ajustou os braços dele em torno de sua cintura. — Agora prenda os dedos — instruiu — e segure firme.

— Assim?

— Mais embaixo.

— E agora?

— Assim está bem. Segure firme. Me aperte com muita força.

Subiram a escada. Ela acendeu mais fósforos, riscando-os contra as laterais enferrujadas da escada. Na luz, ele olhou à frente dela e viu a parte de baixo da porta de ferro. Parecia estar muito longe.

Quando estavam na metade do caminho, o pé dele escorregou do degrau. O outro pé ia escorregar, mas ele segurou-se nela o mais forte que pôde e conseguiu se firmar. Então começaram a subir de novo.

Mas agora não era subir. Era mais como puxá-la para baixo. É isso o que você está fazendo, disse a si mesmo. Está puxando-a para baixo. É só um peso em suas costas, e isso aqui é só o começo. Quanto mais ela ficar com você, pior vai ser. Você já pode até ver. Vê-la sendo pega e tratada como cúmplice. Então será acusada por roubar um carro. O que acha que ela vai pegar? Eu diria, pelo menos, três anos. Talvez cinco. Que belo futuro para a mulher. Mas talvez você possa impedir isso antes que aconteça. Talvez consiga fazer algo para tirá-la dessa encrenca e colocá-la outra vez no bom caminho.

O que você pode fazer?

Pode, claro, conversar com ela. Mas ela vai apenas mandar você calar a boca. Com essa aqui você não consegue discutir. Uma dessas cabeças duras. Quando resolve uma coisa, é impossível fazê-la mudar de idéia.

Você pode se afastar dela? Pode soltá-la e cair da escada? O barulho chamaria a atenção da polícia. Será que ela fugiria antes que eles chegassem? Você sabe que não. Ficaria com você até o fim. É feita desse tipo de material. Do tipo que você raramente encontra por aí. Talvez encontre uma assim uma vez na vida. Não, duas vezes na vida. É impossível esquecer a primeira. Nunca vai esquecer a primeira. Agora estamos vivendo uma repetição, mas não na memória, é algo vivo. É algo que está vivo e aqui, perto de você. Você está agarrando com força. Será que algum dia vai conseguir soltá-la?

Escutou a garçonete dizer:

– Segure firme....

Então ouviu o barulho da porta de ferro. Ela a estava levantando. Estava trabalhando em silêncio, empurrando um centímetro de cada vez. Quando a porta se abriu, o ar frio entrou com força trazendo com ele flocos de neve, como agulhas, contra o rosto dele. Agora ela tinha levantado a portinhola o suficiente para que passassem. Ela estava se espremendo pelo vão e o levava junto. A grade apoiou-se nos seus ombros, então em suas costas, e então nos ombros dele quando a seguiu para fora da abertura. Ela levantou mais a porta, e logo os dois estavam ajoelhados na calçada, e ela fechou a porta.

Uma luz amarela saía da janela lateral do Hut, um brilho fraco em meio à escuridão da rua. Naquela claridade, ela viu a neve cair soprada pelo vento. Não nevava, apenas. Aquilo se transformara em uma tempestade de neve.

Ficaram de pé e ela o segurou pelo pulso. Eles andaram colados à parede do Hut na direção da Fuller Street. Ele olhou para o lado e viu os carros da polícia estacionados junto ao meio-fio. Contou cinco. Havia outros dois estacionados do outro lado da rua.

– Estão todos vazios – disse a garçonete. – Eu conferi antes de sair.

– Se um desses caras de uniforme sair do Hut...

– Eles vão ficar lá dentro – interrompeu ela. – Com toda aquela bebida de graça... – Mas ela não tinha certeza disso. Sabia que dizia isso com os dedos cruzados.

Eles atravessaram uma rua estreita. A tempestade de neve caiu sobre eles como se fosse uma porta de vaivém feita de gelo. Estavam curvados e caminhando contra o vento. Seguiram a Fuller por mais uma quadra pequena, então encontraram outra rua estreita e ela disse:

– A gente entra aqui.

Havia vários carros estacionados, e alguns caminhões velhos. Perto do meio daquele quarteirão, havia um Chevy antigo, um modelo anterior à guerra. Os pára-lamas estavam amassados e grande parte da pintura estava descascada. Era um sedã de duas portas, mas quando o viu, ele achou mais parecido com uma mula velha. Uma máquina e tanto, pensou, e se perguntou como ela teria conseguido ligar aquilo. Ela abriu a porta e o ajudou a entrar.

Então ele estava sentado no banco da frente e ela foi para trás do volante. Acionou a ignição. O motor engasgou, tentou pegar e morreu. Ela virou outra vez a ignição. O motor fez um esforço, quase pegou, mas então morreu outra vez. A garçonete xingou baixinho.

– Está frio – disse ele.

– Não tive problemas antes – resmungou ela. – Ligou de primeira.

– Agora está muito mais frio.

Tentou ligá-lo outra vez. O motor fez novo esforço, quase conseguiu, então desistiu.

– Talvez seja melhor assim – disse ele.

Ela olhou para ele.

– O que quer dizer com isso?

– Mesmo que ele ande, não vai longe. Quando são avisados de um carro roubado, trabalham rápido.

– Não dessa vez – disse ela. – Dessa vez não vão receber a denúncia antes de amanhã de manhã, quando minha senhoria acordar e der uma olhada pela janela.

Eu me assegurei de que ela estava dormindo antes de pegar a chave.

Ela disse isso enquanto tentava outra vez a ignição. O motor pegou a centelha, lutou para mantê-la, quase perdeu-a, então ficou sem muita força. Ela alimentou-o com gasolina e ele respondeu. Soltou o freio e, quando ia mexer no câmbio, dois fachos de luz brilhante vieram da Fuller Street.

– Abaixe-se – sussurrou ela quando os faróis do outro carro se aproximaram. – Abaixe a cabeça...

Os dois se encolheram abaixo da linha do pára-brisa. Ele ouviu o barulho do motor do outro carro se aproximar, chegar bem perto, então se afastar. Quando levantou a cabeça, havia outro som. Era o riso da garçonete.

Ele olhou para ela com curiosidade. Ela ria e parecia estar realmente se divertindo.

– Eles não desistem – disse ela.

– Os tiras?

– Não eram os tiras. Era um Buick. Um Buick verde-claro. Eu dei uma olhada rápida...

– Tem certeza de que eram eles?

Ela balançou a cabeça, sem parar de rir.

– Os dois embaixadores – disse ela. – Um chamado Morris e... qual é mesmo o nome do outro?

– Pena.

– É, Pena, o baixinho. E Morris, aquele que fica tentando dirigir do banco de trás. Pena e Morris Companhia Limitada.

– Você acha engraçado?

– É hilariante – disse ela. – A maneira como eles ainda estão zanzando por aí... – Ela riu outra vez. – Aposto que eles já deram a volta neste quarteirão cem vezes. Posso ouvi-los reclamando, discutindo um com o outro. Ou talvez, agora, não estejam mais nem se falando.

Ele pensou: é bom que ela consiga rir. Bom saber que ela pode levar aquilo com humor. Mas, na verdade, não havia nada para se achar graça. Você sabe que há uma chance de que eles a tenham visto quando levantou a cabeça. Não são os patetas que ela acha que são. Não esqueça que são profissionais. Não esqueça que estavam atrás de Turley, ou vamos dizer que estavam numa investigação passo a passo que os levou até você para tentar achar Turley, e assim encontrar Clifton, e assim, finalmente, eles conseguiriam pegar seja lá o que eles estivessem procurando. Seja lá o que for, está em South Jersey, no velho sítio no meio da floresta. Mas quando você chamou aquilo de sítio, eles chamaram de outra coisa. Chamaram de esconderijo.

É isso o que aquilo é. Um esconderijo, um esconderijo perfeito, não está sequer registrado nos correios. Você enviava todas as cartas para uma caixa postal em uma cidadezinha a mais de doze quilômetros de distância. Sabe, acho que estamos começando a ver um padrão tomar forma. Parece que está tomando a forma de um círculo. Como se, ao partir rumo a determinada direção, você fosse puxado para esse círculo que o leva de volta ao começo. Bem, acho que é assim que deve ser. Você agora é o número um na lista dos procurados da cidade. Precisa sair da cidade. Correr para o lugar onde eles nunca vão encontrá-lo. O lugar fica em South Jersey, no meio da floresta. É o esconderijo da dupla Clifton-Turley, mas agora é Clifton-Turley-Eddie, os famigerados irmãos Lynn.

Então é isso, esse é o padrão. Com um fundo musical incluído para melhorar. Mas agora não é uma música suave. Não aquela música sonhadora em que nada importa, que o mantinha longe de tudo. A música aqui é o zumbido das vespas. Sem dúvida. Está ouvindo o som ficar mais alto?

Era o barulho do motor do Chevy. O carro agora estava andando. A garçonete olhou para ele como se esperasse que dissesse algo. A boca dele se apertou e ele olhou fixamente para frente pelo pára-brisa. Estavam chegando na Fuller Street. Ele falou baixo:

– Vire à direita.
– E depois?
– A ponte. A ponte do rio Delaware.
– South Jersey.
Ele balançou a cabeça.
– A floresta.

Capítulo quatorze

Em Jersey, trinta quilômetros ao sul de Camden, o Chevy entrou em um posto de gasolina. A garçonete pegou no bolso do casaco o salário de uma semana que recebera de Harriet, disse ao frentista que enchesse o tanque e comprou fluido anticongelante. Então pediu correntes para os pneus. O frentista olhou para ela. Não estava animado para instalar as correntes, exposto à neve e ao vento congelantes.

– Uma noite muito ruim para dirigir – comentou ele.

Ela concordou, mas disse que era uma bela noite para vender correntes de pneus. Ele olhou outra vez para ela, que o mandou começar a instalar as correntes. Enquanto ele trabalhava nos pneus, a garçonete foi ao banheiro. Ao sair, comprou numa máquina um maço de cigarros. No carro, deu um cigarro para Eddie e o acendeu para ele. Ele não disse obrigado. Não parecia ter consciência de que tinha um cigarro na boca. Estava sentado reto e olhando para frente pelo pára-brisa.

O frentista terminou de colocar as correntes. Estava com a respiração ofegante quando se aproximou da janela do carro. Juntou as mãos diante da boca e soprou dentro delas. Tremeu, bateu os pés e lançou um olhar de poucos amigos para a garçonete. Perguntou se ela queria mais alguma coisa. Ela disse que sim, que queria que ele fizesse algo pelos limpadores de pára-brisa. Eles não estavam funcionando direito, disse ela. O frentista ergueu os olhos para o céu negro e frio e respirou fundo. Então abriu o capô e começou a examinar a bomba de gasolina e os fios que saíam dela e se conectavam com os limpadores. Ele fez uns ajustes nos fios e disse:

– Tente agora.

Ela ligou os limpadores que funcionaram com muito mais velocidade que antes. Quando foi pagá-lo, o frentista resmungou:

– Tem certeza de que não quer mais nada?

A garçonete refletiu sobre aquilo por um instante e então disse:

– Uma bebida cairia bem.

O frentista tremeu, bateu os pés no chão outra vez e disse:

– Também acho.

Ela olhou as notas na mão e falou:

– Tem alguma coisa aí sobrando?

Ele balançou a cabeça, um tanto hesitante. Ela mostrou a ele uma nota de cinco dólares.

– Bem – disse ele. – Tenho uma garrafa de alguma coisa aí. Mas você pode não gostar. É aguardente feita em casa...

– Serve – disse ela. O frentista correu até o barracão do posto. Saiu de lá com a garrafinha enrolada em jornal velho. Entregou-a à garçonete, que a passou a Eddie. Ela pagou pela bebida, o frentista guardou o dinheiro no bolso e ficou de pé ao lado da janela do carro, esperando que ela ligasse o motor e fosse embora, saísse de sua vida.

– Não há de quê – disse ela, e fechou a janela do carro e ligou o motor.

As correntes ajudaram muito, assim como o conserto dos limpadores de pára-brisa. O Chevy estava fazendo uma média de quase quarenta por hora. Agora ela não estava preocupada em derrapar ou em bater em alguma coisa, por isso pressionava o pedal do acelerador com mais força. O carro chegou a cinqüenta e logo sessenta. Ele se dirigia para o Sul na Rota 47. O vento vinha de sudeste, do Atlântico, e o Chevy enfrentou-o tossindo e com coragem, o motor velho e gasto respondendo alto ao uivo da tempestade de neve. A garçonete se ajeitou atrás do volante e pisou mais forte no acelerador. O ponteiro do velocímetro chegou a setenta.

Ela estava se sentindo bem. Conversou com o Chevy:

– Quer andar a oitenta? Vamos lá, você consegue chegar a oitenta.

– Não, não consegue – disse Eddie. Estava tomando outro gole da garrafa. Os dois haviam dado vários goles, e a garrafa estava um terço vazia.

– Aposto que consegue – disse a garçonete. O ponteiro do velocímetro chegou a setenta e cinco.

– Pare com isso – disse Eddie. – Você está forçando demais.

– Ele agüenta. Vamos lá, querido, mostre a ele. Vamos lá. Isso mesmo, ande. Continue assim, você vai quebrar um recorde.

– Vai quebrar um eixo, isso sim – disse Eddie seco, por entre os dentes.

A garçonete olhou para ele.

– Olhe para a frente – disse ele. A voz estava muito baixa e séria.

– O que está acontecendo com você? – perguntou a garçonete.

– Olhe para a frente – agora, ele parecia rugir. – Olhe para a frente, droga.

Ela ia dizer algo, mas ficou quieta, e então concentrou a atenção na estrada. Seu pé, agora, fazia menos pressão no acelerador, e a velocidade reduziu-se para sessenta. Permanecia em sessenta quando a mão dela deixou o volante, a palma estendida para a garrafa. Ele deu-a a ela, que tomou um trago e a devolveu.

Ele olhou para a garrafa e se perguntou se outro gole lhe faria bem. Achou que sim. Inclinou a cabeça para trás e levou a garrafa até a boca.

Quando a bebida desceu, mal pareceu sentir seu sabor. Não sentiu a queimação na garganta, o álcool descendo cortante, penetrando em suas entranhas. Estava tomando um gole muito grande, sem consciência de quanto estava engolindo. Enquanto bebia, a garçonete deu uma olhada para ele e disse:

– Ei! Devagar...

Ele afastou a garrafa da boca.

– Sabe quanto você bebeu? Pelo menos umas duas doses – disse ela. – Talvez três.

Ele não olhou para ela.

– Você não se importa, se importa?

– Não, não me importo. Por que deveria?

– Quer um pouco? – ele ofereceu a garrafa.

– Já bebi o suficiente – disse ela.

Ele deu um sorriso seco para a garrafa.

– Essa é da boa.

– Como é que você sabe? Você não é de beber.

– Vou dizer uma coisa: essa é mesmo da boa.

– Está ficando de pileque?

– Não – disse ele. – Ao contrário. Por isso eu gosto desse negócio aqui. – Ele deu um tapinha carinhoso na garrafa. – Mantém meus pés no chão. Faz com que me atenha aos fatos.

– Que fatos?

– Mais tarde conto a você – disse ele.

– Conte agora.

– Ainda não está na hora. É como cozinhar. O prato

não pode ser servido até ficar pronto. Esse aqui ainda precisa cozinhar um pouco mais.

– Você parece que já está fritando – disse a garçonete. – Continue bebendo esse troço e vai fritar os miolos todos.

– Não se preocupe com isso. Sei cuidar dos meus miolos. Enquanto isso, cuide desse carro e me leve aonde estou indo.

Ela ficou quieta por alguns momentos, então disse:

– Acho que vou tomar esse gole, afinal de contas.

Ele passou a garrafa para ela. Ela deu um gole pequeno, então abriu rápido a janela e jogou a garrafa fora.

– Por que fez isso?

Ela não respondeu. Pisou fundo no acelerador e o velocímetro foi para setenta. Agora eles não estavam conversando nem olhando um para o outro. Mais tarde, em um trevo, lançou um olhar de indagação para ele, que indicou que estrada ela devia tomar. Ficaram em silêncio novamente até chegarem a um cruzamento. Ele mandou-a entrar à esquerda. Isso levou-os a uma estrada estreita. Permaneceram nela por cerca de oito quilômetros, e o carro reduziu quando se aproximaram de um entroncamento de estradas mais estreitas ainda. Ele disse a ela que pegasse a que seguia para a esquerda, penetrando fundo na floresta.

A estrada era esburacada. Havia buracos enormes, e ela teve de reduzir a velocidade para vinte e cinco quilômetros por hora. Os montes de neve estavam altos, resistindo aos pneus dianteiros, e em alguns momentos parecia que o carro ia atolar. Ela reduziu de segunda para primeira marcha e ajustou o afogador para manter um fluxo constante de gasolina. O carro entrou em um buraco muito fundo, esforçou-se para sair dali e, quando conseguiu, abriu caminho por entre outro monte de neve. Havia uma trilha de carroças à direita, e ele disse a ela que entrasse ali.

Seguiram a quinze quilômetros por hora. A trilha era muito difícil. Havia muitas curvas e, em alguns pontos, a estrada era praticamente invisível, coberta pela neve. Ela estava dando duro para manter o carro na trilha e longe das árvores.

O carro seguiu rastejando por aquela trilha sinuosa durante mais de uma hora, penetrando cada vez mais na floresta. Então, de repente, a trilha deu lugar a uma clareira. Uma clareira bem ampla, com cerca de setenta metros de diâmetro. Os faróis atravessaram a neve e revelaram a velha casa de madeira no centro da clareira.

– Pare o carro – disse ele.

– Ainda não chegamos lá...

– Você me ouviu? – disse ele mais alto. – Disse para parar o carro.

O Chevy estava na clareira, seguindo na direção da casa. Ele esticou o braço e puxou o freio de mão. O carro parou a trinta metros da casa.

Com os dedos na maçaneta da porta, ele a ouviu dizer:

– O que está fazendo?

Ele não respondeu. Estava saindo do carro.

A garçonete o puxou de volta.

– Responda...

– Nós vamos nos separar – disse, sem olhar para ela. – Você vai voltar para Filadélfia.

– Olhe para mim.

Ele não conseguiu fazer isso. Pensou: bem, a bebida ajudou um pouco, mas não o suficiente. Você devia ter bebido um pouco mais. Muito mais. Talvez se tivesse matado a garrafa você fosse capaz de resolver isso. Ele se ouviu dizer:

— Vou explicar como você faz para chegar na ponte. Siga a trilha até aquele entroncamento na estrada...

— Não precisa ensinar. Sei o caminho.

— Tem certeza?

— Tenho — disse ela. — Tenho, não se preocupe.

Ele estava saindo do carro outra vez, se odiando por fazer aquilo. Disse a si mesmo para ir em frente e resolver aquilo logo. Quanto mais rápido, melhor.

Mas foi muito difícil sair do carro.

— Então? — disse baixinho a garçonete. — Está esperando o quê?

Ele virou-se e olhou para ela. Algo queimava nos olhos dele. Sem qualquer som, ele dizia: sabe que quero você do meu lado, mas do jeito que estão as coisas, não vai dar.

— Obrigado pela carona — disse ele, e então saiu do carro e bateu a porta.

Ele ficou ali parado, de pé sobre a neve, e o carro se afastou dele, fez a volta e dirigiu-se para a trilha na floresta.

Atravessou a clareira devagar. No escuro, mal podia ver os contornos da casa. Parecia, para ele, que a casa estava a quilômetros de distância e que ele cairia antes de chegar lá. Caminhava com dificuldade pela neve profunda. Ainda nevava, e o vento o fustigava, vergastava seu rosto, penetrava em seu peito. Ele se perguntou se devia sentar na neve para descansar um pouco. Então o facho de uma lanterna o acertou no rosto.

Vinha da frente da casa. Ele ouviu uma voz dizer:

— Parado aí, meu chapa. Fique onde está.

É Clifton, pensou. É Clifton, sim. Você conhece a voz. Provavelmente está armado. É melhor tomar muito cuidado.

Ele ficou imóvel. Levantou as mãos acima da cabeça. Mas o brilho da lanterna era demais para seus olhos e teve de virar o rosto de lado. Ele se perguntava se estava mostrando o suficiente do rosto para ser reconhecido.

– Sou eu – disse. – Eddie.

– Eddie? Que Eddie?

Manteve os olhos abertos contra o facho de luz para expor o rosto inteiro à lanterna.

– Olhe só, quem diria...

– Oi, Clifton.

– Pelo amor de Deus – disse o irmão mais velho. Ele se aproximou, segurando a lanterna de forma que pudessem ver um ao outro. Clifton era alto e muito magro. Tinha cabelos negros e olhos azuis, e seria bonito não fossem as cicatrizes. Havia várias no lado direito de seu rosto. Uma delas era grande e descia do ponto bem abaixo de seu olho até o queixo. Vestia um sobretudo creme de pele de camelo com botões de madrepérola. Por baixo usava pijamas de flanela. As calças do pijama estavam enfiadas por dentro de botas de borracha que iam até o joelho. Clifton segurava a lanterna com a mão esquerda. Na direita, repousada sobre o antebraço, uma espingarda com o cano serrado.

Enquanto estavam parados ali, Clifton lançou o facho de luz da lanterna por toda a clareira e localizou a trilha que penetrava na mata. Ele murmurou:

– Tem certeza de que está sozinho? Havia um carro...

– Foi embora.

– Quem era?

– Uma amiga. Apenas uma amiga.

Clifton continuou apontando a lanterna para a área aberta. Ele observava com os olhos bem apertados, conferindo a área nos limites da floresta.

– Espero que você não tenha sido seguido até aqui – disse ele. – Tem umas pessoas procurando por mim e por Turley. Acho ele que contou a você. Disse que esteve com você ontem à noite.

– Ele está aqui, agora? Quando voltou?

– Essa tarde – disse Clifton, que riu baixinho. – Chegou todo arrebentado, meio congelado, na verdade, meio morto. Disse que pegou umas caronas e andou o resto do caminho.

– Pela floresta? Nessa tempestade?

Clifton riu outra vez.

– Você conhece Turley.

– Agora ele está bem?

– Claro, está legal. Fez alguma coisa para jantar, derrubou uma garrafa de uísque e foi para a cama.

Eddie fechou a cara.

– Como assim, ele preparou o jantar... Onde está a mãe?

– Foi embora.

– Como assim, foi embora?

– Com o pai – disse Clifton, e deu de ombros. – Há algumas semanas. Fizeram as malas e deram o fora.

– Aonde eles foram?

– Como eu vou saber? – disse Clifton. – Não tivemos notícias deles. – Ele deu de ombros mais uma vez e disse: – Ei, estou congelando aqui fora. Vamos entrar.

Eles caminharam pela neve e entraram na casa. Então foram para a cozinha, e Clifton botou um bule de café no fogão. Eddie tirou o sobretudo e o colocou sobre uma cadeira. Puxou outra cadeira para perto da mesa e sentou. As pernas da cadeira não eram muito firmes, estavam com os encaixes meio frouxos, e ela bambeou sob seu peso. Ele olhou para o chão rachado da cozinha e para o gesso lascado e descascado das paredes.

A cozinha não tinha pia. A luz vinha de um lampião de querosene. Ele observou Clifton levar um fósforo aceso até os pedaços de madeira no fogão antiquado. Não tem gás encanado aqui, pensou. Nem canos de água e fios elétricos nesta casa. Nada que a ligue com o mundo exterior. E por isso ela é segura. É mesmo um esconderijo.

Clifton acendeu o fogão, foi até a mesa e sentou. Pegou um maço de cigarros, deu-lhe um piparote com habilidade e dois cigarros saltaram. Eddie pegou um. Fumaram um pouco, em silêncio. Mas Clifton o observava, intrigado, esperando que explicasse sua presença ali.

Eddie ainda não estava totalmente pronto para falar. Por algum tempo, pelo menos por um curto espaço de tempo, quis esquecer. Deu um trago profundo no cigarro e disse:

– Fale da mãe e do pai. Por que eles foram embora?

– Você pergunta pra mim?

– Pergunto porque sei que você sabe, pois estava aqui quando eles foram embora.

Clifton encostou-se na cadeira, deu uma baforada no cigarro e nada disse.

– Você os mandou embora – disse Eddie.

O irmão mais velho balançou a cabeça.

– Você os botou porta afora. – Eddie estalou os dedos. – Assim.

– Não foi bem assim – disse Clifton. – Dei a eles uma grana.

– Deu? Que gentileza. Foi mesmo uma gentileza sua.

Clifton deu um sorriso simpático.

– Você acha que eu queria fazer isso?

– A questão é...

– A questão é que eu precisei fazer isso.

– Por quê?

– Porque eu gosto deles – disse Clifton. – São pessoas boas e tranqüilas. Este não é um lugar para pessoas assim.

Eddie deu um trago no cigarro.

– Outra coisa – disse Clifton. – Eles não são à prova de bala. – Mudou de posição na cadeira, sentou meio de lado e cruzou as pernas. – Mesmo se fossem, não ia adiantar muito. Estão ficando velhos e não agüentam mais uma agitação assim.

Eddie olhou para a espingarda de cano serrado negra e reluzente que estava no chão. Repousava aos pés de Clifton. Ele olhou para a frente, por cima da cabeça de Clifton, para uma prateleira que mostrava uma arma parecida, algumas menores, e várias caixas de munição.

– Vai ter muita ação aqui – disse Clifton. – Eu estava torcendo para que não acontecesse, mas sinto que está chegando.

Eddie continuou olhando para as armas e a munição na prateleira.

– Mais cedo ou mais tarde – dizia Clifton –, mais cedo ou mais tarde vamos ter visitas.

– Em um Buick? – resmungou Eddie. – Um Buick verde-claro?

Clifton teve um sobressalto.

– Eles estavam na área.

Clifton estendeu o braço sobre a mesa e segurou o pulso de Eddie. Não foi um gesto agressivo. Precisava se agarrar a algo.

Clifton piscava com força, como se tentasse focalizar o rosto de Eddie, entender exatamente o que ele estava dizendo.

– Quem estava na área? De quem você está falando?
– Pena e Morris.

Clifton soltou o pulso de Eddie. Durante a maior parte de um minuto ele ficou em silêncio. Clifton sugou a fumaça, expeliu-a com força e rosnou:

– Esse Turley. Esse idiota do Turley.

– Não foi culpa do Turley.

– Não venha com essa. Não tente protegê-lo. Ele sempre foi um pateta. Sempre deu um jeito de estragar as coisas. Mas desta vez ele se superou. Se superou.

– Ele estava encrencado...

– Ele sempre está encrencado. Sabe por quê? Porque não faz nada certo, por isso. – Clifton deu outro trago no cigarro. – Já era ruim ter esses caras na cola dele. Agora ele também arrastou você junto.

Eddie deu de ombros.

– Não dava para evitar. Aconteceu.

– Conte o que aconteceu – disse Clifton. – Como eles chegaram a você? Por que você, agora, está aqui? Me conte tudo direitinho.

Eddie contou, foi rápido e sucinto.

– É isso – concluiu. – A única coisa que eu podia fazer era vir para cá. Não tinha outro lugar para ir.

Clifton estava olhando para o lado e sacudia a cabeça.

– E então? – perguntou Eddie. – Posso ficar?

O outro irmão respirou fundo.

– Droga – resmungou para si mesmo. – Que droga!

– É, sei o que você quer dizer – falou Eddie. – Você precisa mesmo de mim aqui.

– Como preciso de reumatismo. Você é chave de cadeia. A Filadélfia inteira está atrás de você, a Pensilvânia também está atrás de você, e a próxima coisa que eles vão fazer é ligar para Washington. Você cruzou uma fronteira estadual, e isso, agora, é assunto federal.

– Talvez fosse melhor eu...

– Não é não – interrompeu Clifton. – Você fica aqui. Tem que ficar. Se o caso é federal, o melhor é ficar parado. Eles são muito espertos. Se fizer qualquer movimento, agarram você.

— É bom saber isso — murmurou Eddie. Não estava pensando sobre si mesmo. Não estava pensando em Clifton e Turley. Seus pensamentos estavam concentrados na garçonete. Ele pensava se ela teria chegado de volta em segurança em Filadélfia e devolvido o carro roubado à vaga onde estava estacionado. Se tivesse acontecido assim, ela estaria bem. Não a incomodariam. Não teriam motivos para interrogá-la. Ele repetia a si mesmo que tudo ficaria bem, mas sempre pensava nela e estava preocupado que ela tivesse encontrado algum problema. Por favor, não. Por favor, fique longe de problemas.

Ele ouviu Clifton dizer:

— ...escolheu mesmo uma boa hora para aparecer aqui andando.

Ele ergueu os olhos, deu de ombros e ficou calado.

— Uma encrenca dos diabos — disse Clifton. — De um lado tem essa turma atrás de mim e de Turley. Do outro, é a polícia procurando você.

Eddie deu de ombros outra vez.

— Bem, de qualquer maneira, é bom estar em casa.

— É — disse Clifton com ironia. — A gente devia comemorar.

— É uma ocasião e tanto.

— É um problema, isso é que é — disse Clifton. — É... — ele se esforçou para mudar de assunto. Deu um sorriso, esticou o braço por sobre a mesa e tocou o ombro de Eddie. — Sabe de uma coisa? É bom ver você de novo.

— Também acho.

— O café está fervendo — disse Clifton. Levantou-se e foi até o fogão. Voltou com as xícaras cheias e as botou sobre a mesa. — E a bóia? — perguntou. — Vai querer comer alguma coisa?

— Não — disse Eddie. — Não estou com fome.

Eles ficaram ali sentados bebendo o café preto sem açúcar. Clifton disse:

– Você não me falou muito dessa mulher.

– Que mulher?

– A que trouxe você aqui. Você disse que ela é garçonete...

– É. Onde eu trabalhava. Acabamos nos conhecendo.

Clifton olhava para ele de perto, esperando que contasse mais.

Permaneceram em silêncio por um tempo, bebendo café. Então Clifton começou a dizer algo que ele ouvia vagamente, incapaz de escutar com atenção, por causa da garçonete. Estava olhando direto para Clifton e parecia prestar muita atenção ao que ele dizia. Mas em sua mente estava com a garçonete. Estava caminhando com ela e iam a algum lugar. Então pararam e ele olhou para ela e mandou-a embora. Ela começou a se afastar. Ele foi atrás dela, que perguntou o que ele queria. Disse que era para ela se afastar, então ela partiu e ele se apressou e a alcançou. Então mais uma vez disse que ela devia sumir, que não a queria por perto. Ficou parado olhando-a se afastar. Mas não agüentou e correu atrás. Ela, com paciência, pediu que ele resolvesse o que deviam fazer. Ele pediu a ela que fosse embora.

Continuou assim enquanto Clifton lhe contava coisas que tinham acontecido nos últimos anos, culminando com a viagem de Turley a Filadélfia, a Dock Street, com Turley tentando fazer contatos nas docas, onde há algum tempo tinha trabalhado como estivador. O que Turley queria era uma carona de barco para ele e Clifton. Precisavam de uma carona para fora do continente, para longe das pessoas que estavam atrás deles.

As pessoas que estavam atrás deles eram membros

de uma certa corporação não-registrada e sem licença. Uma corporação muito grande que agia ao longo da Costa Leste, lidando com mercadoria contrabandeada como perfumes da Europa, peles do Canadá, e por aí vai. Empregados pela corporação, Clifton e Turley foram encaminhados para o departamento que lidava com os aspectos mais físicos do negócio, o roubo de cargas, a extorsão e, às vezes, os movimentos necessários para eliminar concorrentes.

Há cerca de quatorze meses, dizia Clifton, ele chegou à conclusão de que ele e Turley não estavam recebendo uma compensação adequada por seus esforços. Conversou com alguns executivos da corporação que lhe disseram que não havia razão para reclamar, que não tinham tempo para ouvir suas queixas. Deixaram claro que, no futuro, ele devia ficar longe daquele escritório.

Naquela época, a sede da corporação ficava em Savannah, Geórgia. Sempre mudavam de endereço, de um porto para outro, de acordo com a boa vontade, ou a falta de boa vontade, de certas autoridades portuárias com os executivos. Em Savannah, havia uma investigação, e os maiores figurões da corporação estavam se preparando para se mudar para Boston. Era preciso partir rápido, porque os investigadores estavam fazendo progresso rápido, então, é claro, havia uma certa confusão. No meio dessa confusão, Clifton e Turley deixaram a corporação. Quando o fizeram, levaram algo com eles. Levaram algumas centenas de milhares de dólares.

Eles pegaram a grana no cofre do armazém onde funcionava a sede da corporação. Fizeram isso bem tarde da noite. Entraram lá como quem não quer nada e conversaram com três colegas que estavam jogando cartas. Quando sacaram as armas, um dos jogadores fez um movimento em direção à própria arma e Turley o acertou com um chute entre as pernas, então bateu com o revólver na sua cabeça com força o suficiente para acabar com ele. Os outros dois caras que estavam jogando baralho eram Pena e Morris. Morris suava quando Turley ergueu o revólver para usar a coronha outra vez, e Pena falava muito rápido e fazia uma proposta.

Pena sugeriu que seria melhor com quatro do que com dois. Se quatro se demitissem, a corporação iria enfrentar um problema sério. Pena argumentou que encontrar quatro homens era muito mais difícil que encontrar dois. E também, disse Pena, ele e Morris não estavam muito satisfeitos com o tratamento que estavam recebendo da corporação, que ficariam agradecidos por aquela oportunidade de sair fora. Pena continuou falando enquanto Clifton pensava naquilo, e enquanto Turley usava um maçarico de acetileno para abrir o cofre. Então Clifton chegou à conclusão de que Pena tinha razão, que aquilo não era apenas uma tentativa desesperada de permanecer vivo. Além disso, Pena era inteligente, e dali em diante seria preciso ter miolos, muito mais do que Turley tinha. Outro fator, raciocinou Clifton, era a provável necessidade de mãos armadas, e nessa categoria havia Morris. Ele sabia do que Morris era capaz com uma arma, qualquer coisa, de um 38 a uma Thompson. Quando o dinheiro estava na mala e eles saíram do armazém, levaram Pena e Morris com eles.

Na estrada que seguia para o norte, de Geórgia para New Jersey, viajaram em velocidade consideravelmente alta. Em Virgínia, foram vistos por pessoas da corporação e houve uma perseguição e troca de tiros, e Morris provou ser bastante útil. O outro carro foi parado com perfurações em um dos pneus dianteiros. Mais tarde, em uma estrada secundária em Maryland, outra tentativa da corporação foi detida por Morris, que colocou o corpo para fora da janela traseira para mandar balas setenta metros estrada abaixo, através de um pára-brisa e no rosto do motorista. Não houve mais dificuldades com a corporação, naquela noite, e eles cruzaram a ponte e entraram em South Jersey e Pena estava dirigindo o carro muito bem. Enquanto Clifton dizia a ele que curvas fazer, ele perguntava para onde estavam indo. Morris também perguntou para onde estavam indo. Clifton disse que eles estavam indo para um lugar onde podiam ficar um tempo escondidos. Pena queria saber se o local era seguro o suficiente. Clifton disse que era e descreveu o local, dizendo que ficava longe da cidadezinha mais próxima, que ficava no meio da floresta e era muito difícil de localizar. Pena continuou a fazer perguntas e, naquele momento, Clifton resolveu que eram perguntas demais e disse a Pena para parar o carro. Pena olhou para ele e então lançou um olhar para Morris, que estava no banco traseiro com Turley. Quando Morris tentou pegar o revólver, Turley lançou um soco e o acertou com o punho no queixo e o nocauteou. Pena estava tentando sair do carro e Clifton o segurou enquanto Turley o acertava na mandíbula, bem embaixo do ouvido. Então Pena e Morris foram deixados na estrada, dormindo, e o carro foi embora.

– ...eu devia ter feito a volta e passado por cima deles – dizia Clifton. – Devia ter imaginado o que aconteceria se os deixasse vivos. Do jeito que as coisas ficaram, eles devem ter conseguido sair limpos. Aquele Pena é muito bom de papo. Devia saber exatamente o que dizer à corporação. Acho que ele disse que tinha sido um trabalho na base da força, que não tiveram escolha e foram obrigados a ir junto no passeio. Então a corporação os aceitou de novo. Mas não totalmente, ainda não. Primeiro eles têm de encontrar a mim e a Turley. Como se estivessem sendo testados. Sabem que precisam fazer as coisas certas para ganhar a confiança outra vez.

Clifton acendeu outro cigarro. Continuou a falar. Falou sobre a atitude atrapalhada de Turley e seu próprio erro em permitir que Turley fizesse a viagem para Filadélfia.

– ...eu tinha a sensação de que ele ia estragar as coisas – dizia Clifton. – Mas ele jurou que ia tomar cuidado. Ficava me falando de seus contatos em Dock Street, todos capitães de barcos que conhecia, e como seria fácil arranjar as coisas. Ficava tentando me convencer, e eu acabei concordando. Entramos no carro e eu o levei até Belleville para que ele pegasse um ônibus para Filadélfia. Só por esse movimento eu devia examinar minha cabeça.

Eddie estava ali sentado com os olhos semicerrados. Ainda estava pensando na garçonete. Disse a si mesmo para parar, mas não conseguia.

– ...então agora não temos carona de barco – dizia Clifton. – Só podemos ficar aqui sentados imaginando o que vai acontecer e quando. De vez em quando saímos para caçar coelhos. Pelo menos eles podem fugir. E os gansos, os gansos selvagens, como eu tenho inveja deles.

"Vou contar uma coisa – continuou. – É horrível quando você não pode se mexer. É um tédio, e de manhã você odeia acordar porque não tem para onde ir. Costumávamos fazer piadas sobre isso, eu e Turley. Na verdade, ríamos muito. Temos duzentos mil dólares para investir, mas não podemos nos divertir com isso. Não podemos nem gastar com uma mulher. Em algumas noites, fico desesperado por uma mulher...

"Isso não é jeito de viver, eu posso garantir. É a mesma rotina, dia após dia. Com a exceção de um dia por semana, quando vamos de carro a Belleville fazer compras. Sempre que faço essa viagem de doze quilômetros fico com medo. Se um carro surge no retrovisor, eu me pergunto se são eles, se é um carro da corporação e se eu fui localizado e eles vão me pegar. Em Belleville, tento ficar calmo, mas juro que não é fácil. Se alguém olha para mim duas vezes, é hora de dar o fora. Ei, isso me lembra..."

Clifton se levantou da mesa. Foi até o sortimento de armas na prateleira e pegou um revólver 38. Ele o checou, depois abriu uma das caixas de munição, carregou a arma e a entregou a Eddie.

– Guarde com você. Nunca ande sem ele.

Eddie olhou para o revólver em sua mão. Não teve qualquer efeito sobre ele. Guardou-o dentro do casaco, no bolso lateral.

– Tire daí.
– O revólver?

Clifton balançou a cabeça.

– Tire do bolso. Quero ver você tirá-lo daí.

Ele levou a mão por dentro do sobretudo, devagar e com indiferença. Pegou o revólver e o mostrou a Clifton.

– Tente outra vez – disse Clifton, com um sorriso. – Guarde e o pegue outra vez.

Ele fez aquilo de novo. O revólver era pesado, e ele se sentia desconfortável com ele. Clifton ria baixinho.

– Quer ver uma coisa? – disse Clifton. – Olhe só para mim.

Clifton virou-se e caminhou na direção do fogão. As mãos estavam do lado do corpo. Então parou perto do fogão e estendeu a mão direita até o bule de café. Quando seus dedos tocaram o bule, a manga amarelo-acobreada de seu casaco de pele de camelo transformou-se num borrão cor de caramelo, e quase no mesmo instante surgiu um revólver em sua mão direita, firme, com o dedo no gatilho.

— Entendeu? — murmurou Clifton.

— Acho que é preciso muita prática.

— Todo dia — disse Clifton. — Treinamos pelo menos uma hora por dia.

— Atirando?

— Na floresta — disse Clifton. — Em qualquer coisa que se mova. Uma doninha, um rato, até um camundongo. Se eles não aparecem, usamos outros alvos. Turley atira uma pedra e eu saco e tento acertá-la. Ou às vezes usamos latas. Quando usamos a lata, é longo alcance. Treinamos muito tiro de longo alcance.

— Turley é bom?

— É horrível — disse Clifton. — Não consegue aprender.

Eddie olhou para o revólver em sua mão. Agora parecia menos pesado.

— Espero que você consiga aprender — disse Clifton. — Acha que consegue?

Eddie pesou o revólver nas mãos. Estava se lembrando da Birmânia. Disse:

— Acho que consigo. Já fiz isso antes.

— É verdade. Esqueci. Não lembrei mesmo. Você ganhou umas medalhas. Pegou muitos japas?

— Alguns.

— Quantos?

— Bem, a maioria com uma baioneta. Exceto os franco-atiradores. Com os franco-atiradores eu gostava de usar a 45.

— Quer uma 45? Tenho umas aqui.

— Não, esse aqui está bem.

— É melhor que sim — disse Clifton. — Você não está atirando em um parque de diversões para ganhar um prêmio.

— Você acha que eles vão chegar logo?

— Quem sabe. Pode ser daqui a um mês. Daqui a um ano. Ou talvez amanhã. Quem pode saber?

— Talvez não aconteça – disse Eddie.

— Tem que acontecer. Já está programado.

— Você sabe que há uma possibilidade de que esteja errado – disse Eddie. – Este lugar não é fácil de encontrar.

— Eles vão encontrar – murmurou Clifton. Estava olhando para a janela. A persiana estava abaixada. Inclinou-se sobre a mesa e levantou um pouco a persiana, olhando para fora. Manteve a persiana erguida e ficou ali olhando para fora, e Eddie virou-se para ver o que ele estava olhando. Não havia nada lá fora além da clareira coberta de neve, e mais adiante o branco das árvores na floresta, e depois o céu negro. A luz da cozinha mostrava a cabana de lenha, a latrina e o carro. Era um sedã Packard cinza, de aparência cara, com cromados muito brilhantes onde o radiador podia ser visto em meio à neve que cobria o capô. Que belo carro, pensou. Mas não vale nada. Não é um carro blindado.

Clifton baixou a persiana e se afastou da mesa.

— Tem certeza de que não está com fome? – perguntou. – Posso preparar alguma coisa para você...

— Não – disse Eddie. Seu estômago estava vazio, mas sabia que não ia conseguir comer nada. – Estou meio acabado – disse. – Quero dormir um pouco.

Clifton pegou a escopeta, segurou-a embaixo do braço e os dois saíram da cozinha. Havia outro lampião de querosene aceso na sala, o brilho tremeluzente revelando um carpete surrado, um sofá muito velho com partes do forro para fora, e duas poltronas que eram ainda mais velhas que o sofá e pareciam que iam desmontar se alguém sentasse nelas.

Também havia o piano.

O mesmo piano, pensou, olhando para o piano de parede lascado que parecia meio fantasmagórico naquela fraca luz amarelada. O teclado gasto parecia uma dentadura estragada, o marfim lascado em vários lugares. Ficou ali parado olhando para ele, sem perceber que Clifton o observava. Foi até o piano e estendeu a mão para tocá-lo. Então algo puxou sua mão dali. Ela entrou no sobretudo, foi até o bolso do paletó e ele sentiu todo o peso do revólver.

E daí?, perguntou a si mesmo, voltando ao presente e tomando consciência da situação. Eles tiram seu piano e dão um revólver para você. Você queria fazer música, mas, do jeito que estão as coisas, parece que isso está acabado para você, totalmente acabado. Daqui pra frente é isso... o revólver.

Ele pegou o 38 no bolso. Saiu com facilidade, macio, e o segurou na mão com eficiência.

Ouviu Clifton dizer:

— Isso foi legal. Você está pegando o jeito.

— Talvez ele goste de mim.

— Claro que gosta de você – disse Clifton. – Agora vai ser seu melhor amigo.

O revólver sentia-se seguro em sua mão. Ele acariciou-o, então o guardou no bolso e seguiu Clifton na direção da escada desconjuntada. As tábuas soltas rangeram quando eles subiram. Clifton levava o lampião de querosene na mão. No alto da escada, Clifton virou-se, deu o lampião para ele e disse:

— Quer acordar Turley? Para dizer a ele que está aqui?

— Não – disse Eddie. – Deixe ele dormir. Deve estar precisando.

— Tudo bem. – Clifton fez um gesto na direção do corredor.

— Fique no quarto dos fundos. A cama está feita.

— A mesma cama? — murmurou Eddie. — Aquela com as molas quebradas?

Clifton deu um olhar para além dele.

— Ele lembra.

— Claro que lembro. Nasci naquele quarto.

Clifton balançou lentamente a cabeça.

— Foi o seu quarto por doze, treze anos.

— Quatorze – disse Eddie. – Eles me levaram para o Curtis aos quatorze.

— Que Curtis?

— O instituto de música. O Curtis Music Institute.

Clifton olhou para ele. Ia dizer algo, mas não falou coisa alguma.

Riu para Clifton e disse:

— Lembra dos estilingues?

— Estilingues?

— E a limusine. Eles vieram me buscar em uma limusine, as pessoas do Curtis. E você e Turley estavam no mato com estilingues, atirando no carro. As pessoas não sabiam quem eram vocês. Uma das mulheres disse para mim: "Quem são eles?", e eu respondi: "Os garotos, senhora? Os dois garotos?, e ela falou: "Eles não são garotos, são animais selvagens".

— E o que você disse?

— Eu disse: "São meus irmãos, senhora", então, é claro, ela tentou aliviar as coisas. Começou a falar do instituto, que era um lugar maravilhoso. Mas as pedras continuaram acertando o carro, e era como se vocês estivessem me dizendo algo. Que eu não podia ir embora de verdade. Que era só uma questão de tempo. Que um dia eu ia voltar para ficar.

— Com os animais selvagens – disse Clifton, dando um leve sorriso para ele.

— Você sempre soube disso?

Clifton balançou muito lentamente a cabeça.

— Você tinha que voltar. Você é igual, Eddie. Igual a mim e ao Turley. Está no sangue.

É isso, pensou Eddie. Isso explica tudo. Alguma pergunta? Bem, sim, tem uma. A selvageria. De onde ela vinha? Sem dúvida, não da mãe e do pai. Acho que eles ficaram fora. Às vezes acontece. Desaparece por cem anos, talvez duzentos ou trezentos, e então surge outra vez. Se olhar bem para trás vai encontrar alguns Lynns ou Websters se metendo em encrenca, fugindo e se escondendo do mesmo jeito que a gente está fazendo agora. Se quiséssemos, podíamos fazer uma balada com isso. Claro, para rir. Só para rir.

Ele estava rindo e leve quando passou por Clifton e seguiu o corredor até o quarto dos fundos. Então tirou a roupa e ficou parado em frente à janela. Tinha parado de nevar. Abriu a janela e o vento entrou, agora sem muita força. Era mais como uma corrente lenta, mas ainda estava muito frio. É bom quando está frio, pensou. É bom para dormir.

Entrou na cama desconjuntada, deslizou entre um lençol rasgado e um cobertor esfiapado e botou o revólver sob o travesseiro. Então fechou os olhos, começou a cair no sono, mas algo martelava seu cérebro, estava acontecendo outra vez. Estava pensando na garçonete.

Vá embora, falou para ela, me deixe dormir.

Então tudo pareceu um túnel e ela estava indo embora na escuridão e ele foi atrás dela. O túnel não tinha fim, e ele continuava dizendo a ela para ir embora, então ouvia os passos se afastando e corria atrás dela e pedia que não fosse. Sem qualquer som, ela lhe disse: resolva de uma vez, e ele disse: como faço isso? Isso não é uma decisão da mente. A mente nada tem a ver com isso.

Por favor, vá dormir, disse para si mesmo. Mas sabia que não adiantava tentar. Abriu os olhos e sentou. Estava muito frio no quarto, mas não sentia. As horas se passaram, e ele não tinha consciência do tempo, nem mesmo quando a janela mostrou um cinza, um cinza mais claro, e finalmente o cinza brilhante da luz do dia.

Alguns minutos depois das nove horas, seus irmãos entraram e o viram sentado ali, parado, olhando para a janela. Conversou com eles um pouco e não tinha certeza sobre o que falaram. As vozes deles pareciam borradas e através de seus olhos semicerrados ele os via por trás de uma cortina. Turley ofereceu um gole de uma garrafinha e ele bebeu, e não tinha a menor idéia do que era aquilo. Turley disse:

– Quer levantar?

Ele começou a descer da cama, e Clifton disse:

– Ainda é cedo. Vamos todos voltar a dormir.

Turley concordou, dizendo que seria bom se pudesse dormir o dia inteiro. Os dois saíram do quarto, e ele ficou ali sentado na beira da cama, olhando para a janela. Estava tão cansado que se perguntava como era capaz de manter os olhos abertos. Então em seguida sua cabeça estava no travesseiro e ele estava fazendo um grande esforço para dormir, mas seus olhos permaneciam abertos e seus pensamentos continuavam divagando, em busca da garçonete.

Por volta das onze horas, acabou dormindo. E uma hora depois abriu os olhos e olhou para a janela. Todo o brilho do sol de meio-dia refletido na neve entrou e o fez piscar. Ele saiu da cama, foi até a janela e ficou ali olhando para fora. O sol estava forte, a neve tinha um brilho branco-amarelado. Do outro lado da clareira, as árvores, rendadas com o gelo, brilhavam como jóias. Muito bonito, pensou ele. É muito bonito aqui na floresta no inverno.

Havia algo se movendo lá fora, algo caminhando na floresta na direção da clareira. Vinha devagar, hesitante, tentando se esconder. Quando passou pelas árvores e se aproximou da clareira, foi descoberto por um raio de sol, que o iluminou e identificou. Ele sacudiu a cabeça e esfregou os olhos. Olhou outra vez e estava ali. Não era uma visão. Tampouco um sonho bom. Era real. Você estava vendo e sabia que era real.

Corra para lá, disse a si mesmo. Corra para lá e diga a ela para ir embora. Você precisa mantê-la longe desta casa. Porque não é uma casa, é só um esconderijo de animais que estão sendo caçados. Se ela cair aqui, nunca vai sair. Eles não iam deixar. Eles iam agarrá-la e mantê-la aqui por razões de segurança. Talvez já a tenham visto, e seja melhor levar o revólver. São seus irmãos, mas aqui temos uma diferença de opiniões, e é melhor mesmo você levar a arma.

Ele agora estava vestido, tirou o revólver de baixo do travesseiro, guardou-o no bolso do paletó e saiu do quarto. Andou em silêncio, mas rapidamente, pelo corredor, desceu as escadas e saiu pela porta dos fundos. A neve estava alta, e ele ia se sacudindo para abrir caminho por ela. Estava correndo depressa pela clareira na direção da garçonete.

Capítulo quinze

Ela estava encostada em uma árvore, esperando por ele. Quando ele se aproximou, ela disse:

– Está pronto?

– Para quê?

– Viajar – disse ela. – Vou levar você de volta para Filadélfia.

Ele franziu o cenho e piscou rapidamente os olhos, sem compreender.

– Você está limpo – disse para ele. – Está no inquérito policial. Eles concluíram que foi um acidente.

O cenho franziu-se mais.

– O que você está me dizendo?

– É um recado – disse ela. – De Harriet. Das pessoas no Hut, os freqüentadores assíduos. São assíduos, mesmo.

– Eles estão do meu lado?

– Totalmente.

– E a polícia?

– A polícia acreditou.

– Acreditou em quê? Eles não engolem boatos como provas. É preciso uma testemunha. Não tenho uma testemunha.

– Tem três.

Ele olhou para ela.

– Três – disse ela. – Do Hut...

– Eles viram acontecer?

Ela deu um sorrisinho.

– Não exatamente.

– Você disse a eles o que dizer?

Ela balançou a cabeça.

Então ele começou a entender. Viu a garçonete lá, jogando seu papo. Falando primeiro com Harriet, depois reunindo os outros, tocando campainhas de manhã cedo. Viu todos reunidos no Hut, a garçonete dizendo o que tinha acontecido e o que tinha de ser feito. Como o comandante de uma companhia, pensou ele.

– Quem entrou na jogada? Quem se ofereceu?

– Todos eles.

Ele respirou fundo. Ao inspirar, estremeceu. A garganta fechou-se e ele não conseguiu falar.

– Achamos que três seriam o suficiente – disse a garçonete. – Mais de três, pareceria estranho. Tínhamos de ter certeza de que ia funcionar. O que fizemos foi escolher três com fichas policiais. Por causa de jogo, claro. Estão na lista como jogadores de dados conhecidos.

– Por que jogadores de dados?

– Para garantir que pareceria honesto. Primeiro, eles tinham que explicar por que não contaram tudo imediatamente para a polícia. O motivo é que não queriam ser presos por jogo ilegal. Outra coisa, do jeito que amarramos as coisas, eles estavam no segundo andar, na sala dos fundos. A polícia quer saber o que eles estavam fazendo lá, eles têm a resposta perfeita: estavam no meio de um joguinho particular de dados.

– Você disse o que deveriam falar?

– Nós repassamos tudo várias vezes. Às sete e meia da manhã de hoje, achei que estavam prontos. Então foram até os tiras e contaram tudo, e agora estão assinando seus depoimentos.

– E aí, qual foi a jogada?

– A janela da sala dos fundos era o ângulo que precisávamos. Se você se inclina na janela, pode ver o quintal.

— É perto o suficiente?

— Mais ou menos. Então, segundo o que eles contaram à polícia, estavam no chão jogando dados e escutaram a confusão lá embaixo. No início, não deram atenção, o jogo estava quente e as apostas, altas. Mas depois as coisas pioraram e então eles escutaram a porta bater quando você o perseguiu no beco. Foram até a janela e olharam para fora. Está entendendo?

— Faz sentido – diz ele, balançando a cabeça.

— Eles contaram tudo para a polícia, detalhe por detalhe, exatamente do jeito que você me contou. Disseram que viram você jogar a faca no chão e tentar falar com ele, mas ele não ouviu. Já estava meio fora de si. Aí ele deu um pulo para a frente e prendeu você naquele abraço de urso. Parecia que você não ia sair dali vivo. Disseram que você pegou a faca e tentou acertá-lo no braço para que ele o soltasse, mas naquele momento ele se mexeu e a lâmina penetrou em seu peito.

Ele olhou para além dela.

— E é só isso? Estou mesmo limpo?

— Totalmente – disse ela. – Retiraram todas as acusações.

— Prenderam os jogadores?

— Não. Só os chamaram de mentirosos safados e os chutaram para fora do distrito. Sabe como as coisas funcionam com os tiras. Se não têm um caso forte, deixam para lá.

Ele olhou para ela.

— Como chegou aqui?

— O carro.

— O Chevy? – disse fechando o rosto. – Sua senhoria vai...

— Está tudo bem – disse ela. – Desta vez está alugado. Dei uma grana e ela ficou satisfeita.

— É bom saber isso. — Mas sua expressão ainda estava fechada. Ele virou-se, olhou para a casa do outro lado da clareira e murmurou:

— Onde está o carro?

— Lá atrás, na floresta. Não queria que sua família visse. Achei que se me vissem podia dar problema.

Ele continuou olhando para a casa.

— Já têm problemas demais. E não posso ir embora sem falar com eles.

— Por que não?

— Bem, afinal de contas...

Ela segurou o braço dele.

— Vamos.

— Eu preciso mesmo falar com eles.

— Pro inferno com eles — disse, e puxou o braço dele. — Vamos, está bem? Vamos dar o fora daqui.

— Não — resmungou ele, ainda olhando para a casa. — Primeiro preciso falar com eles.

Ela continuou puxando seu braço.

— Você não pode voltar lá. Aquilo é um esconderijo. Nós dois vamos acabar presos aqui...

— Você, não — disse ele. — Você espera aqui.

— Você vai voltar?

Ele virou a cabeça e olhou para ela.

— Você sabe que vou voltar.

Ela soltou seu braço. Ele começou a caminhar através da clareira. Não vai demorar, pensou. Vou só contar o que aconteceu e eles vão compreender, sabem que não têm nada com que se preocupar, que isso ainda continua sendo um bom esconderijo. Mas por outro lado, você sabe como é Clifton. Sabe como ele pensa, como funciona. É totalmente profissional. E um profissional não corre riscos. Com Turley é diferente. Turley é mais tranqüilo, e você sabe que ele vai ver as coisas do seu jeito.

Espero que você consiga convencer o Clifton. Mas não vai ser brigando. Faça o que quiser, mas não brigue com Clifton. Só conte a ele que você está indo embora com a garçonete e garanta que ela vai ficar de boca fechada. E se ele disser não? E se ele for lá fora e arrastá-la para a casa e disser que ela precisa ficar? Se chegar a esse ponto, teremos que fazer alguma coisa. Talvez não chegue a esse ponto. Pelo menos, vamos torcer para que não. É bom pensar coisas boas, dizer a você mesmo que tudo vai funcionar bem e que não vai precisar da arma.

Tinha andado mais da metade da clareira, em passos rápidos. Dirigia-se à porta dos fundos da casa, que estava a uns vinte metros de distância, e logo uns quinze, quando escutou o barulho de um carro.

E antes mesmo se de virar para olhar, pensou: esse não é o Chevy indo embora. É um Buick chegando.

Virou-se, os olhos apontando para a floresta onde a trilha de carroças mostrava um Buick verde-claro. O carro vinha devagar, retardado pela neve. Então acelerou bruscamente, a neve levantou-se quando os pneus cantaram, e ele veio mais rápido.

Eles a seguiram, pensou ele. Seguiram-na desde Filadélfia. Mantiveram uma distância para não aparecer no retrovisor. Ponto para eles. Uma bela jogada. Talvez um gol de placa.

Viu Pena e Morris saírem do carro. Morris deu a volta no carro e foi até Pena, e os dois ficaram ali de pé conversando. Morris estava apontando para a casa, e Pena sacudia a cabeça. Estavam concentrados na frente da casa, e ele sabia que não o haviam visto. Mas logo vão ver, pensou. Faça qualquer movimento e eles vão vê-lo. E desta vez não vai ter papo, não vai ter preliminar. Desta vez você está na lista dos que devem ser apagados, e eles vão tentar tirar você do caminho.

Você precisa agora, é claro, de uma toca. Viria mesmo a calhar. Ou talvez pernas de corredor. Ou, melhor ainda, um par de asas. Mas acho que você vai ter que se contentar com a neve. Ela parece funda o suficiente.

Ele se agachou e logo estava deitado de bruços na neve. Havia uma parede branca diante de seu rosto. Ele a varreu, seus dedos abriram um buraco e seus olhos viram Pena e Morris através dele, ainda de pé e discutindo do lado do carro. Morris continuava a gesticular para a casa, e Pena sacudia a cabeça. Morris começou a andar na direção da casa, e Pena o segurou. Agora estavam falando alto, mas não conseguia entender o que diziam. Calculou que deviam estar a uns sessenta metros de distância.

E você está a menos de quinze metros da porta dos fundos, disse a si mesmo. Quer tentar? Você tem chance, mas não muita, considerando Morris. Lembra o que Clifton disse sobre Morris e sua habilidade com as armas? Acho melhor a gente esperar um pouco mais para ver o que eles vão fazer.

Mas e ela? Está esquecendo dela? Não, não é isso. Você sabe muito bem que não é isso. Você tem certeza de que ela vai usar a cabeça e ficar bem onde está. Se ficar lá, vai ficar bem.

Então viu Pena e Morris pegando algumas coisas no carro. As coisas eram metralhadoras. Pena e Morris caminharam na direção da casa.

Mas isso não é maneira de agir, disse para eles. Isso é o mesmo que apostar tudo em uma carta, esperando completar uma seqüência. Ou talvez vocês estejam ansiosos, já esperaram muito tempo e não agüentam mais esperar. Seja lá qual for a razão, é um erro tático, na verdade, é um disparate, vocês logo verão.

Tem certeza? Perguntou a si mesmo. Tem mesmo certeza de que eles vão sair perdendo? Melhor dar outra olhada para ver como as coisas realmente estão. Acho que se Clifton e Turley estiverem na cama dormindo – mas claro, você está torcendo para que eles tenham ouvido o carro quando saiu da floresta. Eles não estão dormindo. Se ainda estiverem dormindo, você precisa acordá-los.

Tem de fazer isso agora. Agora mesmo. Afinal de contas, são menos de quinze metros até a porta dos fundos. Talvez se você rastejar... Não, não pode rastejar. Não tem tempo para isso. Você precisa correr. Tudo bem, vamos correr.

Ele se levantou e correu na direção da porta dos fundos. Tinha corrido menos de cinco metros quando ouviu o som de uma metralhadora e furos na neve em frente a ele, cerca de um metro para o lado.

Não adianta, disse para si mesmo. Você não vai conseguir. Você tem de fingir que foi baleado. E quando o pensamento passou por seu cérebro, já estava simulando um colapso. Caiu na neve, rolou e parou de lado, imóvel.

Então ouviu outras armas, tiros vindo de uma janela no segundo andar. Olhou para cima e viu Clifton com a espingarda de cano serrado. Um instante mais tarde, Turley surgiu em outra janela. Estava usando dois revólveres.

Ele riu e pensou, bem, você conseguiu. Deu um jeito de acordá-los. Agora eles estão bem acordados. Muito acordados e ocupados.

Pena e Morris estavam correndo de volta para o carro. Pena parecia ter sido atingido na perna. Estava mancando. Morris virou-se e mandou uma rajada curta na direção da janela de Turley. Turley largou um dos revólveres, segurou o ombro, se abaixou e sumiu de vista. Então Morris apontou para Clifton, começou uma saraivada, e Clifton logo se protegeu. Estava acontecendo muito rápido, e agora Morris estava de joelhos, engatinhando para trás do Buick para usá-lo como escudo. Morris se aproximou da casa e mandou outra rajada na direção das janelas no andar de cima. Pena gritou para ele e ele baixou a arma e andou de volta até o Buick, a metralhadora ainda baixa, mas parecendo pronta, quando ele olhou para as janelas no alto.

Alguns momentos depois, a porta dos fundos se abriu e Clifton saiu correndo. Carregava uma pequena mala preta. Correu na direção do Packard cinza estacionado perto da cabana de lenha. Ao se aproximar do carro, tropeçou. Sua mala caiu aberta e derramou um pouco de dinheiro. Abaixou-se para pegá-lo. Morris não viu isso acontecer. Ainda estava olhando para as janelas do andar superior. Clifton fechou a mala outra vez e entrou no Packard. Então Turley, segurando uma escopeta e um revólver em uma das mãos, enquanto a outra agarrava o braço, saiu pela porta dos fundos e juntou-se a Clifton no Packard.

O motor ligou e o Packard acelerou muito rápido. Saiu de trás da casa e fez um grande círculo, cortando a neve com as correntes de pneus obtendo tração completa, o carro agora se movendo em alta velocidade pela clareira, rumo à trilha de carroças que levava à floresta. Morris estava usando a metralhadora novamente, mas estava um tanto desconcertado e errou os tiros. Tentou os pneus, atirou perto demais. Então tentou a janela lateral dianteira e acertou a traseira. Pena estava gritando para o Packard enquanto ele galopava para longe. Estava gritando para o Packard, a voz esganiçada e distorcida, com a Thompson ainda atirando, mas sem utilidade, porque ele estava nervoso demais para mirar.

Pena estava rastejando ao lado do Buick, abriu a porta e entrou atrás do volante. Morris tinha parado de correr, mas ainda estava atirando no Packard. Do Packard, vieram tiros em resposta. Turley estava inclinado para fora e usava a escopeta. Morris soltou um grito, largou a metralhadora e começou a pular e a gritar. Então sacou um revólver com a mão direita e atirou no Packard quando atravessava a clareira rumo à trilha de carroças. O tiro passou longe, e então o Packard entrou na trilha de carroças e escapou.

Pena abriu a porta traseira do Buick e Morris entrou. O Buick fez uma curva rápida e apontou para a trilha de carroças para seguir atrás do Packard.

Eddie sentou. Olhou para o lado e viu a garçonete sair correndo da floresta e vir rápida em sua direção. Ele acenou para que ela voltasse, ficasse na floresta até que o Buick tivesse ido embora. Agora o Buick tinha reduzido um pouco e ele soube que haviam visto a garçonete.

Levou a mão até o bolso do paletó e sacou o 38. Com a outra mão continuou a acenar para que a garçonete voltasse.

O Buick parou. Pena estava atirando na garçonete com a metralhadora. Eddie atirou cegamente contra o Buick, sem conseguir mirar, porque não estava pensando em termos de acertar qualquer coisa. Apenas continuou a apertar o gatilho, esperando que isso tirasse a metralhadora de cima da garçonete. Com o quarto tiro conseguiu que a metralhadora apontasse em sua direção. Sentiu o zumbido de balas passando por ele e atirou uma quinta vez para manter a metralhadora nele e longe dela.

Agora não podia vê-la, estava concentrado no Buick. A metralhadora tinha parado de atirar, e o Buick estava andando outra vez. Acelerou na direção da trilha de carroças e ele pensou: eles querem é o Packard, estão fugindo para ir atrás do Packard. Será que vão alcançá-lo? Na verdade, não importa. Você não quer nem pensar nisso. Porque agora você não consegue vê-la. Está olhando, mas não consegue vê-la.

Onde ela está? Será que voltou para a floresta? Claro, foi isso o que aconteceu. Ela voltou e está lá esperando. Então está tudo bem. Pode ir até ela, agora. Os marginais foram embora, e é bom saber que você pode largar a arma e correr para ela.

Ele largou o 38 e começou a andar pela neve. No início, andou rápido, mas então foi reduzindo e acabou caminhando bem devagar. Finalmente parou e olhou para uma coisa meio escondida na neve.

Ela estava deitada de rosto para baixo. Ele se ajoelhou ao seu lado, disse algo, ela não respondeu. Então, com cuidado, virou-a de lado e olhou em seu rosto. Havia dois buracos de bala em sua testa, e ele rapidamente afastou os olhos. Então fechou e apertou bem os olhos, sacudindo a cabeça. Em algum lugar havia um som, mas ele não ouvia. Não sabia que estava gemendo.

Ficou ali por um tempo, de joelhos ao lado de Lena. Então se levantou e andou pela clareira e foi até a floresta procurar o Chevy. Encontrou-o estacionado entre algumas árvores perto da trilha de carroças. A chave estava na ignição, e ele levou o Chevy até a clareira. Colocou o corpo no banco de trás. Precisa ser entregue, pensou. É um pacote que precisa ser entregue.

Levou-a até Belleville. Em Belleville, as autoridades o detiveram por 32 horas. Durante esse período, lhe ofereceram comida, mas ele não conseguia comer. Houve um momento no qual ele entrou em um carro oficial com alguns homens à paisana e os guiou até a casa na floresta. Estava vagamente consciente de responder às perguntas deles, apesar de suas respostas parecerem satisfazê-los. Quando viram os cartuchos de metralhadora na neve, confirmaram o que ele lhes havia contado em Belleville. Mas então quiseram saber mais sobre a batalha, os motivos que levaram a ela, e ele disse que não podia dizer muito sobre isso. Eles o apertaram, mas ele continuava a dizer:

— Não posso ajudar vocês com isso. — E não era uma evasiva. Realmente não podia dizer a eles porque não estava claro em sua cabeça. Estava muito distante disso e não importava para ele, não tinha a mínima importância.

Então, de volta a Belleville, perguntaram se podia ajudar a identificar a vítima. Eles disseram que tinham procurado, mas não encontraram parentes ou registros de empregos anteriores. Ele repetiu o que contara a eles antes, que ela era uma garçonete e seu primeiro nome era Lena, mas ele não sabia o sobrenome. Queriam saber se havia mais alguma coisa. Ele disse que era tudo o que sabia, que ela nunca tinha falado nada sobre si mesma. Eles deram de ombros e o mandaram assinar alguns papéis, e quando terminou, eles o deixaram ir. Pouco antes de sair, perguntou se tinham descoberto onde ela morava em Filadélfia. Deram a ele o endereço da pensão. Estavam perplexos que ele não soubesse sequer o endereço. Depois que foi embora, um deles comentou:

— Disse que mal a conhecia. Então por que está tão abalado? Esse cara já sofreu tanto que deve estar maluco.

Mais tarde, naquele mesmo dia, em Filadélfia, ele devolveu o Chevy à sua proprietária. Então foi para seu quarto. Sem pensar no assunto, baixou a persiana e trancou a porta. Na pia, escovou os dentes, se barbeou e penteou o cabelo. Era como se esperasse receber alguém e quisesse estar com um aspecto apresentável.

Vestiu uma camisa limpa, uma gravata e sentou-se na beira da cama, esperando um visitante.

Esperou ali um bom tempo. Teve um sono entrecortado, acordava sempre que ouvia passos no corredor. Mas os passos nunca se aproximavam de sua porta.

Muito tarde naquela noite bateram à porta. Ele abriu, Clarice entrou com sanduíches e um copo de papel de café. Ele agradeceu e disse que não estava com fome. Ela desembrulhou os sanduíches e colocou-os à força em suas mãos. Ela ficou ali sentada e o observou comer. A comida não tinha gosto, mas ele conseguiu comê-la, empurrando-a com café. Então ela deu a ele um cigarro, acendeu um para si mesma e, depois de dar alguns tragos, sugeriu que dessem uma volta. O ar lhe faria bem.

Ele sacudiu a cabeça.

Ela sugeriu que dormisse um pouco e então saiu do quarto. No dia seguinte, foi lá outra vez com mais comida. Durante vários dias continuou a levar comida e forçá-lo a comer. No quinto dia ele conseguiu comer sem ser obrigado. Mas se recusou a deixar o quarto. Toda noite ela o convidava para dar uma volta e dizia que ele precisava tomar ar fresco e fazer um pouco de exercício, e ele sacudia a cabeça. Seus lábios sorriam para ela, mas com os olhos implorava que o deixasse em paz.

Noite após noite ela o convidava para um passeio. Então, na nona noite, em vez de sacudir a cabeça, ele deu de ombros, vestiu o sobretudo e eles saíram.

Estavam na rua e caminhavam devagar. Ele não tinha idéia de para onde estavam indo. Mas logo, no meio da escuridão, viu o brilho alaranjado do letreiro luminoso que tinha algumas lâmpadas faltando.

Ele parou e disse:

– Ali, não. Não vamos ali.

– Por que não?

– Não tem nada ali que me interesse. Não tenho nada a fazer ali.

Clarice segurou seu braço. Arrastou-o na direção do letreiro luminoso.

Então eles entraram no Hut. O lugar estava lotado. Todas as mesas estavam ocupadas, e as pessoas se aglomeravam ao longo de todo o bar. Era a mesma multidão, os mesmos freqüentadores barulhentos, mas agora quase não havia barulho. Apenas um murmúrio baixo.

Ele se perguntou por que o Hut estava tão silencioso. Então viu Harriet do outro lado do bar. Ela estava olhando direto para ele. Seu rosto não tinha qualquer expressão.

Cabeças agora se voltavam e outras olhavam para ele, que disse a si mesmo para dar o fora dali, rápido. Mas Clarice tinha apertado seu braço. Ela o puxava para frente. Levou-o por entre as mesas até o piano.

– Não – disse ele. – Não posso.

– É claro que pode – disse Clarice, e continuou a puxá-lo na direção do piano.

Ela o empurrou para o banquinho giratório. Ele ficou ali sentado, olhando para as teclas.

Então ouviu Harriet dizer:

– Vamos lá, toque alguma coisa.

Mas não posso, disse sem um som. Simplesmente não posso.

– Toque – gritou para ele Harriet. – Para que acha que eu pago você? Queremos ouvir música.

Alguém gritou do bar:

– Vamos lá, Eddie. Toque essas teclas. Ponha alguma vida neste lugar.

Outros assobiaram, pedindo que ele começasse.

Ele ouviu Clarice dizer:

– Vamos lá, cara. Você tem uma platéia.

E eles estão esperando, pensou ele. Tem vindo aqui todas as noites e esperado.

Mas não há nada que você possa fazer por eles. Você não tem o que fazer.

Seus olhos estavam fechados. De algum lugar, veio um sussurro que dizia: você pode tentar. O mínimo que pode fazer é tentar.

Então ele ouviu o som. É um bom piano, pensou. Quem está tocando?

Ele abriu os olhos. Viu seus dedos acariciarem as teclas.

Sobre o autor

David Goodis nasceu em 2 de março de 1917, na cidade de Filadélfia. Seu primeiro romance, *Retreat from Oblivion*, foi publicado em 1938, quando tinha apenas 21 anos. Ele ganhou certa notoriedade em 1946, com a publicação de *Dark passage*, que foi levado às telas de cinema sob o mesmo nome (o filme foi lançado no Brasil como *Prisioneiro do passado*), estrelado por Humphrey Bogart e Lauren Bacall. Trabalhou como roteirista para a Warner Brothers, como era comum entre escritores da época. O interlúdio com o mundo do cinema não teve muito êxito e ele voltou à cidade natal em 1950, para morar com os pais e continuar escrevendo romances em um ritmo frenético. *Cassidy's girl* (*A garota de Cassidy*) foi publicado em 1951, *Of tender sin* e *Street of the lost*, em 1952, *The burglar* e *Moon in the gutter* (*Lua na sarjeta*, Brasiliense, 1984; L&PM Editores, 2005), em 1953, *Street of no return*, *Black friday* (*Sexta-feira negra*, L&PM Editores, 1989) e *Blonde on the street corner*, em 1954, e *The wounded and the slain*, em 1955.

Em 1956, publicou aquela que se tornaria a sua mais famosa obra, *Down there*. Em 1960, o livro viraria filme nas mãos do cineasta francês François Truffaut, que escalou o então jovem Charles Aznavour para o papel do surpreendente pianista de bar. O filme foi batizado como *Tirez sur le pianiste* (*Atire no pianista*), daí o nome com o qual o livro foi publicado no Brasil (Abril Cultural, 1984). Os livros de David Goodis, mais *noir* do que propriamente policiais, abordando existências sórdidas, marginalizadas e deprimentes, fizeram sucesso primeiro na Europa, ao passo que nos Estados Unidos foram eclipsados por Dashiell Hammett, Raymond Chandler e James Cain. Estes eram bem mais velhos que Goodis e já tinham conquistado a crítica e o público durante as décadas de 40 e 50. David Goodis morreu desconhecido – considerando-se o reconhecimento que sua obra obteve posteriormente –, em 7 de janeiro de 1967, aos cinqüenta anos de idade.

Seus outros livros são *Nightfall* (1947), *Behold this woman* (1947), *Of missing persons* (1950), *Night squad* (1961), *Somebody's done for* (1967) e *Fire in the flesh* (1957). No total, Goodis escreveu dezessete romances, além de contos, roteiros para cinema e para novelas de rádio. Mais de dez filmes foram realizados a partir de livros seus.

Coleção **L&PM** POCKET (LANÇAMENTOS MAIS RECENTES)

23. Taipi – Herman Melville
24. Livro dos desaforos – org. de Sergio Faraco
25. A mão e a luva – Machado de Assis
26. Doutor Miragem – Moacyr Scliar
27. O penitente – Isaac B. Singer
28. Diários da descoberta da América – C. Colombo
29. Édipo Rei – Sófocles
30. Romeu e Julieta – Shakespeare
31. Hollywood – Charles Bukowski
32. Billy the Kid – Pat Garrett
33. Cuca fundida – Woody Allen
34. O jogador – Dostoiévski
35. O livro da selva – Rudyard Kipling
36. O vale do terror – Arthur Conan Doyle
37. Dançar tango em Porto Alegre – S. Faraco
38. O gaúcho – Carlos Reverbel
39. A volta ao mundo em oitenta dias – J. Verne
40. O livro dos esnobes – W. M. Thackeray
41. Amor & morte em Poodle Springs – Raymond Chandler & R. Parker
42. As aventuras de David Balfour – Stevenson
43. Alice no país das maravilhas – Lewis Carroll
44. A ressurreição – Machado de Assis
45. Inimigos, uma história de amor – I. Singer
46. O Guarani – José de Alencar
47. A cidade e as serras – Eça de Queiroz
48. Eu e outras poesias – Augusto dos Anjos
49. A mulher de trinta anos – Balzac
50. Pomba enamorada – Lygia F. Telles
51. Contos fluminenses – Machado de Assis
52. Antes de Adão – Jack London
53. Intervalo amoroso – A. Romano de Sant'Anna
54. Memorial de Aires – Machado de Assis
55. Naufrágios e comentários – Cabeza de Vaca
56. Ubirajara – José de Alencar
57. Textos anarquistas – Bakunin
58. O pirotécnico Zacarias – Murilo Rubião
59. Amor de salvação – Camilo Castelo Branco
60. O gaúcho – José de Alencar
61. O livro das maravilhas – Marco Polo
62. Inocência – Visconde de Taunay
63. Helena – Machado de Assis
64. Uma estação de amor – Horácio Quiroga
65. Poesia reunida – Martha Medeiros
66. Memórias de Sherlock Holmes – Conan Doyle
67. A vida de Mozart – Stendhal
68. O primeiro terço – Neal Cassady
69. O mandarim – Eça de Queiroz
70. Um espinho de marfim – Marina Colasanti
71. A ilustre Casa de Ramires – Eça de Queiroz
72. Luciola – José de Alencar
73. Antígona – Sófocles – trad. Donaldo Schüler
74. Otelo – William Shakespeare
75. Antologia – Gregório de Matos
76. A liberdade de imprensa – Karl Marx
77. Casa de pensão – Aluísio Azevedo
78. São Manuel Bueno, Mártir – Unamuno
79. Primaveras – Casimiro de Abreu
80. O noviço – Martins Pena

181. O sertanejo – José de Alencar
182. Eurico, o presbítero – Alexandre Herculano
183. O signo dos quatro – Conan Doyle
184. Sete anos no Tibet – Heinrich Harrer
185. Vagamundo – Eduardo Galeano
186. De repente acidentes – Carl Solomon
187. As minas de Salomão – Rider Haggard
188. Uivo – Allen Ginsberg
189. A ciclista solitária – Conan Doyle
190. Os seis bustos de Napoleão – Conan Doyle
191. Cortejo do divino – Nelida Piñon
192. Cassino Royale – Ian Fleming
193. Viva e deixe morrer – Ian Fleming
194. Os crimes do amor – Marquês de Sade
195. Besame Mucho – Mário Prata
196. Tuareg – Alberto Vázquez-Figueroa
197. O longo adeus – Raymond Chandler
198. Os diamantes são eternos – Ian Fleming
199. Notas de um velho safado – C. Bukowski
200. 111 ais – Dalton Trevisan
201. O nariz – Nicolai Gogol
202. O capote – Nicolai Gogol
203. Macbeth – William Shakespeare
204. Heráclito – Donaldo Schüler
205. Você deve desistir, Osvaldo – Cyro Martins
206. Memórias de Garibaldi – A. Dumas
207. A arte da guerra – Sun Tzu
208. Fragmentos – Caio Fernando Abreu
209. Festa no castelo – Moacyr Scliar
210. O grande deflorador – Dalton Trevisan
211. Corto Maltese na Etiópia – Hugo Pratt
212. Homem do princípio ao fim – Millôr Fernandes
213. Aline e seus dois namorados – A. Iturrusgarai
214. A juba do leão – Sir Arthur Conan Doyle
215. Assassino metido a esperto – R. Chandler
216. Confissões de um comedor de ópio – T. De Quincey
217. Os sofrimentos do jovem Werther – Goethe
218. Fedra – Racine / Trad. Millôr Fernandes
219. O vampiro de Sussex – Conan Doyle
220. Sonho de uma noite de verão – Shakespeare
221. Dias e noites de amor e de guerra – Galeano
222. O Profeta – Khalil Gibran
223. Flávia, cabeça, tronco e membros – M. Fernandes
224. Guia da ópera – Jeanne Suhamy
225. Macário – Álvares de Azevedo
226. Etiqueta na prática – Celia Ribeiro
227. Manifesto do partido comunista – Marx & Engels
228. Poemas – Millôr Fernandes
229. Um inimigo do povo – Henrik Ibsen
230. O paraíso destruído – Frei B. de las Casas
231. O gato no escuro – Josué Guimarães
232. O mágico de Oz – L. Frank Baum
233. Armas no Cyrano's – Raymond Chandler
234. Max e os felinos – Moacyr Scliar
235. Nos céus de Paris – Alcy Cheuiche
236. Os bandoleiros – Schiller
237. A primeira coisa que eu botei na boca – Deonísio da Silva
238. As aventuras de Simbad, o marujo

239. O retrato de Dorian Gray – Oscar Wilde
240. A carteira de meu tio – J. Manuel de Macedo
241. A luneta mágica – J. Manuel de Macedo
242. A metamorfose – Kafka
243. A flecha de ouro – Joseph Conrad
244. A ilha do tesouro – R. L. Stevenson
245. Marx - Vida & Obra – José A. Giannotti
246. Gênesis
247. Unidos para sempre – Ruth Rendell
248. A arte de amar – Ovídio
249. O sono eterno – Raymond Chandler
250. Novas receitas do Anonymus Gourmet – J.A.P.M.
251. A nova catacumba – Arthur Conan Doyle
252. O dr. Negro – Arthur Conan Doyle
253. Os voluntários – Moacyr Scliar
254. A bela adormecida – Irmãos Grimm
255. O príncipe sapo – Irmãos Grimm
256. Confissões e Memórias – H. Heine
257. Viva o Alegrete – Sergio Faraco
258. Vou estar esperando – R. Chandler
259. A senhora Beate e seu filho – Schnitzler
260. O ovo apunhalado – Caio Fernando Abreu
261. O ciclo das águas – Moacyr Scliar
262. Millôr Definitivo – Millôr Fernandes
264. Viagem ao centro da Terra – Júlio Verne
265. A dama do lago – Raymond Chandler
266. Caninos brancos – Jack London
267. O médico e o monstro – R. L. Stevenson
268. A tempestade – William Shakespeare
269. Assassinatos na rua Morgue – E. Allan Poe
270. 99 corruíras nanicas – Dalton Trevisan
271. Broquéis – Cruz e Sousa
272. Mês de cães danados – Moacyr Scliar
273. Anarquistas – vol. 1 – A idéia – G. Woodcock
274. Anarquistas – vol. 2 – O movimento – G Woodcock
275. Pai e filho, filho e pai – Moacyr Scliar
276. As aventuras de Tom Sawyer – Mark Twain
277. Muito barulho por nada – W. Shakespeare
278. Elogio à loucura – Erasmo
279. Autobiografia de Alice B. Toklas – G. Stein
280. O chamado da floresta – J. London
281. Uma agulha para o diabo – Ruth Rendell
282. Verdes vales do fim do mundo – A. Bivar
283. Ovelhas negras – Caio Fernando Abreu
284. O fantasma de Canterville – O. Wilde
285. Receitas de Yayá Ribeiro – Celia Ribeiro
286. A galinha degolada – H. Quiroga
287. O último adeus de Sherlock Holmes – A. Conan Doyle
288. A. Gourmet em Histórias de cama & mesa – J. A. Pinheiro Machado
289. Topless – Martha Medeiros
290. Mais receitas do Anonymus Gourmet – J. A. Pinheiro Machado
291. Origens do discurso democrático – D. Schüler
292. Humor politicamente incorreto – Nani
293. O teatro do bem e do mal – E. Galeano
294. Garibaldi & Manoela – J. Guimarães
295. 10 dias que abalaram o mundo – John Reed
296. Numa fria – Charles Bukowski
297. Poesia de Florbela Espanca vol. 1
298. Poesia de Florbela Espanca vol. 2
299. Escreva certo – É. Oliveira e M. E. Bernd
300. O vermelho e o negro – Stendhal
301. Ecce homo – Friedrich Nietzsche
302. Comer bem, sem culpa – Dr. Fernando Lucchese, A. Gourmet e Iotti
303. O livro de Cesário Verde – Cesário Verde
304. O reino das cebolas – C. Moscovich
305. 100 receitas de macarrão – S. Lancellotti
306. 160 receitas de molhos – S. Lancellotti
307. 100 receitas light – H. e Â. Tonetto
308. 100 receitas de sobremesas – Celia Ribeiro
309. Mais de 100 dicas de churrasco – Leon Diziekaniak
310. 100 receitas de acompanhamentos – C. Cabeda
311. Honra ou vendetta – S. Lancellotti
312. A alma do homem sob o socialismo – Oscar Wilde
313. Tudo sobre Yôga – Mestre De Rose
314. Os varões assinalados – Tabajara Ruas
315. Édipo em Colono – Sófocles
316. Lisístrata – Aristófanes / trad. Millôr
317. Sonhos de Bunker Hill – John Fante
318. Os deuses de Raquel – Moacyr Scliar
319. O colosso de Marússia – Henry Miller
320. As eruditas – Molière / trad. Millôr
321. Radicci 1 – Iotti
322. Os Sete contra Tebas – Ésquilo
323. Brasil Terra à vista – Eduardo Bueno
324. Radicci 2 – Iotti
325. Júlio César – William Shakespeare
326. A carta de Pero Vaz de Caminha
327. Cozinha Clássica – Sílvio Lancellotti
328. Madame Bovary – Gustave Flaubert
329. Dicionário do viajante insólito – M. Scliar
330. O capitão saiu para o almoço... – Bukowski
331. A carta roubada – Edgar Allan Poe
332. É tarde para saber – Josué Guimarães
333. O livro de bolso da Astrologia – Maggy Harrisonx e Mellina Li
334. 1933 foi um ano ruim – John Fante
335. 100 receitas de arroz – Aninha Comas
336. Guia prático do Português correto – vol. 1 – Cláudio Moreno
337. Bartleby, o escriturário – H. Melville
338. Enterrem meu coração na curva do rio – Dee Brown
339. Um conto de Natal – Charles Dickens
340. Cozinha sem segredos – J. A. P. Machado
341. A dama das Camélias – A. Dumas Filho
342. Alimentação saudável – H. e Â. Tonetto
343. Continhos galantes – Dalton Trevisan
344. A Divina Comédia – Dante Alighieri
345. A Dupla Sertanojo – Santiago
346. Cavalos do amanhecer – Mario Arregui
347. Biografia de Vincent van Gogh por sua cunhada – Jo van Gogh-Bonger
348. Radicci 3 – Iotti
349. Nada de novo no front – E. M. Remarque
350. A hora dos assassinos – Henry Miller
351. Flush - Memórias de um cão – Virginia Woolf
352. A guerra no Bom Fim – M. Scliar
353(1). O caso Saint-Fiacre – Simenon
354(2). Morte na alta sociedade – Simenon

55(3). O cão amarelo – Simenon
56(4). Maigret e o homem do banco – Simenon
57. As uvas e o vento – Pablo Neruda
58. On the road – Jack Kerouac
59. O coração amarelo – Pablo Neruda
60. Livro das perguntas – Pablo Neruda
61. Noite de Reis – William Shakespeare
62. Manual de Ecologia – vol.1 – J. Lutzenberger
63. O mais longo dos dias – Cornelius Ryan
64. Foi bom prá você? – Nani
65. Crepusculário – Pablo Neruda
66. A comédia dos erros – Shakespeare
67(5). A primeira investigação de Maigret – Simenon
68(6). As férias de Maigret – Simenon
69. Mate-me por favor (vol.1) – L. McNeil
70. Mate-me por favor (vol.2) – L. McNeil
71. Carta ao pai – Kafka
72. Os vagabundos iluminados – J. Kerouac
73(7). O enforcado – Simenon
74(8). A fúria de Maigret – Simenon
75. Vargas, uma biografia política – H. Silva
76. Poesia reunida (vol.1) – A. R. de Sant'Anna
77. Poesia reunida (vol.2) – A. R. de Sant'Anna
78. Alice no país do espelho – Lewis Carroll
79. Residência na Terra 1 – Pablo Neruda
80. Residência na Terra 2 – Pablo Neruda
81. Terceira Residência – Pablo Neruda
82. O delírio amoroso – Bocage
83. Futebol ao sol e à sombra – E. Galeano
84(9). O porto das brumas – Simenon
85(10). Maigret e seu morto – Simenon
86. Radicci 4 – Iotti
87. Boas maneiras & sucesso nos negócios – Celia Ribeiro
88. Uma história Farroupilha – M. Scliar
89. Na mesa ninguém envelhece – J. A. P. Machado
90. 200 receitas inéditas do Anonymus Gourmet – J. A. Pinheiro Machado
91. Guia prático do Português correto – vol.2 – Cláudio Moreno
92. Breviário das terras do Brasil – Luis A. de Assis Brasil
93. Cantos Cerimoniais – Pablo Neruda
94. Jardim de Inverno – Pablo Neruda
95. Antonio e Cleópatra – William Shakespeare
96. Tróia – Cláudio Moreno
97. Meu tio matou um cara – Jorge Furtado
98. O anatomista – Federico Andahazi
99. As viagens de Gulliver – Jonathan Swift
100. Dom Quixote – v.1 – Miguel de Cervantes
101. Dom Quixote – v.2 – Miguel de Cervantes
102. Sozinho no Pólo Norte – Thomaz Brandolini
103. Matadouro Cinco – Kurt Vonnegut
104. Delta de Vênus – Anaïs Nin
105. O melhor de Hagar 2 – Dik Browne
106. É grave Doutor? – Nani
107. Orai pornô – Nani
108(11). Maigret em Nova York – Simenon
109(12). O assassino sem rosto – Simenon
110(13). O mistério das jóias roubadas – Simenon
111. A irmãzinha – Raymond Chandler
112. Três contos – Gustave Flaubert
413. De ratos e homens – John Steinbeck
414. Lazarilho de Tormes – Anônimo do séc. XVI
415. Triângulo das águas – Caio Fernando Abreu
416. 100 receitas de carnes – Sílvio Lancellotti
417. Histórias de robôs: vol.1 – org. Isaac Asimov
418. Histórias de robôs: vol.2 – org. Isaac Asimov
419. Histórias de robôs: vol.3 – org. Isaac Asimov
420. O país dos centauros – Tabajara Ruas
421. A república de Anita – Tabajara Ruas
422. A carga dos lanceiros – Tabajara Ruas
423. Um amigo de Kafka – Isaac Singer
424. As alegres matronas de Windsor – Shakespeare
425. Amor e exílio – Isaac Bashevis Singer
426. Use & abuse do seu signo – Marília Fiorillo e Marylou Simonsen
427. Pigmaleão – Bernard Shaw
428. As fenícias – Eurípides
429. Everest – Thomaz Brandolin
430. A arte de furtar – Anônimo do séc. XVI
431. Billy Bud – Herman Melville
432. A rosa separada – Pablo Neruda
433. Elegia – Pablo Neruda
434. A garota de Cassidy – David Goodis
435. Como fazer a guerra: máximas de Napoleão – Balzac
436. Poemas de Emily Dickinson
437. Gracias por el fuego – Mario Benedetti
438. O sofá – Crébillon Fils
439. O "Martín Fierro" – Jorge Luis Borges
440. Trabalhos de amor perdidos – W. Shakespeare
441. O melhor de Hagar 3 – Dik Browne
442. Os Maias (volume1) – Eça de Queiroz
443. Os Maias (volume2) – Eça de Queiroz
444. Anti-Justine – Restif de La Bretonne
445. Juventude – Joseph Conrad
446. Singularidades de uma rapariga loura – Eça de Queiroz
447. Janela para a morte – Raymond Chandler
448. Um amor de Swann – Marcel Proust
449. À paz perpétua – Immanuel Kant
450. A conquista do México – Hernan Cortez
451. Defeitos escolhidos e 2000 – Pablo Neruda
452. O casamento do céu e do inferno – William Blake
453. A primeira viagem ao redor do mundo – Antonio Pigafetta
454(14). Uma sombra na janela – Simenon
455(15). A noite da encruzilhada – Simenon
456(16). A velha senhora – Simenon
457. Sartre – Annie Cohen-Solal
458. Discurso do método – René Descartes
459. Garfield em grande forma – Jim Davis
460. Garfield está de dieta – Jim Davis
461. O livro das feras – Patricia Highsmith
462. Viajante solitário – Jack Kerouac
463. Auto da barca do inferno – Gil Vicente
464. O livro vermelho dos pensamentos de Millôr – Millôr Fernandes
465. O livro dos abraços – Eduardo Galeano
466. Voltaremos! – José Antonio Pinheiro Machado
467. Rango – Edgar Vasques
468. Dieta mediterrânea – Dr. Fernando Lucchese e José Antonio Pinheiro Machado

469. **Radicci 5** – Iotti
470. **Pequenos pássaros** – Anaïs Nin
471. **Guia prático do Português correto – vol.3** – Cláudio Moreno
472. **Atire no pianista** – David Goodis
473. **Antologia Poética** – García Lorca
474. **Alexandre e César** – Plutarco
475. **Uma espiã na casa do amor** – Anaïs Nin
476. **A gorda do Tiki Bar** – Dalton Trevisan
477. **Garfield um gato de peso** – Jim Davis
478. **Canibais** – David Coimbra
479. **A arte de escrever** – Arthur Schopenhauer
480. **Pinóquio** – Carlo Collodi
481. **Misto-quente** – Charles Bukowski
482. **A lua na sarjeta** – David Goodis
483. **Recruta Zero** – Mort Walker
484. **Aline 2: TPM – tensão pré-monstrual** – Adão Iturrusgarai
485. **Sermões do Padre Antonio Vieira**
486. **Garfield numa boa** – Jim Davis
487. **Mensagem** – Fernando Pessoa
488. **Vendeta** *seguido de* **A paz conjugal** – Balzac
489. **Poemas de Alberto Caeiro** – Fernando Pessoa
490. **Ferragus** – Honoré de Balzac
491. **A duquesa de Langeais** – Honoré de Balzac
492. **A menina dos olhos de ouro** – Honoré de Balzac
493. **O lírio do vale** – Honoré de Balzac
494. (17). **A barcaça da morte** – Simenon
495. (18). **As testemunhas rebeldes** – Simenon
496. (19). **Um engano de Maigret** – Simenon
497. **A noite das bruxas** – Agatha Christie
498. **Um passe de mágica** – Agatha Christie
499. **Nêmesis** – Agatha Christie
500. **Esboço para uma teoria das emoções** – Jean-Paul Sartre
501. **Renda básica de cidadania** – Eduardo Suplicy
502. (1). **Pílulas para viver melhor** – Dr. Lucchese
503. (2). **Pílulas para prolongar a juventude** – Dr. Lucchese
504. (3). **Desembarcando o Diabetes** – Dr. Lucchese
505. (4). **Desembarcando o Sedentarismo** – Dr. Fernando Lucchese e Cláudio Castro
506. (5). **Desembarcando a Hipertensão** – Dr. Lucchese
507. (6). **Desembarcando o Colesterol** – Dr. Fernando Lucchese e Fernanda Lucchese
508. **Estudos de mulher** – Balzac
509. **O terceiro tira** – Flann O'Brien
510. **100 receitas de aves e ovos** – José Antonio Pinheiro Machado
511. **Garfield em toneladas de diversão** – Jim Davis
512. **Trem-bala** – Martha Medeiros
513. **Os cães ladram** – Truman Capote
514. **O Kama Sutra de Vatsyayana**
515. **O crime do Padre Amaro** – Eça de Queiroz
516. **Odes de Ricardo Reis** – Fernando Pessoa
517. **O inverno da nossa desesperança** – John Steinbeck
518. **Piratas do Tietê** – Laerte
519. **Rê Bordosa: do começo ao fim** – Angeli
520. **O Harlem é escuro** – Chester Himes
521. **Café-da-manhã dos campeões** – Kurt Vonnegut
522. **Eugénie Grandet** – Balzac
523. **O último magnata** – F. Scott Fitzgerald
524. **Carol** – Patricia Highsmith
525. **100 receitas de patisseria** – Silvio Lancellott
526. **O fator humano** – Graham Greene
527. **Tristessa** – Jack Kerouac
528. **O diamante do tamanho do Ritz** – S. Fitzgeral
529. **As melhores histórias de Sherlock Holmes** – Arthur Conan Doyle
530. **Cartas a um jovem poeta** – Rilke
531. (20). **Memórias de Maigret** – Simenon
532. **O misterioso sr. Quin** – Agatha Christie
533. **Os analectos** – Confúcio
534. (21). **Maigret e os homens de bem** – Simeno
535. (22). **O medo de Maigret** – Simenon
536. **Ascensão e queda de César Birotteau** – Balza
537. **Sexta-feira negra** – David Goodis
538. **Ora bolas – O humor cotidiano de Mari Quintana** – Juarez Fonseca
539. **Longe daqui aqui mesmo** – Antonio Bivar
540. (5). **É fácil matar** – Agatha Christie
541. **O pai Goriot** – Balzac
542. **Brasil, um país do futuro** – Stefan Zweig
543. **O processo** – Kafka
544. **O melhor de Hagar 4** – Dik Browne
545. (6). **Por que não pediram a Evans?** – Agatha Christie
546. **Fanny Hill** – John Cleland
547. **O gato por dentro** – William S. Burroughs
548. **Sobre a brevidade da vida** – Sêneca
549. **Geraldão 1** – Glauco
550. **Piratas do Tietê 2** – Laerte
551. **Pagando o pato** – Ciça
552. **Garfield de bom humor** – Jim Davis
553. **Conhece o Mário?** – Santiago
554. **Radicci 6** – Iotti
555. **Os subterrâneos** – Jack Kerouac
556. **Balzac** – François Taillandier
557. **Modigliani** – Christian Parisot
558. **Kafka** – Gérard-Georges Lemaire
559. **Júlio César** – Joël Schmidt
560. **Receitas da família** – J. A. Pinheiro Machado
561. **Boas maneiras à mesa** – Celia Ribeiro
562. (7). **Filhos sadios, pais felizes** – R. Pagnoncelli
563. (8). **Fatos & mitos** – Dr. Fernando Lucchese
564. **Ménage à trois** – Paula Taitelbaum
565. **Mulheres!** – David Coimbra
566. **Poemas de Álvaro de Campos** – Fernando Pessoa
567. **Medo e outras histórias** – Stefan Zweig
568. **Snoopy e sua turma (1)** – Schulz
569. **Piadas para sempre (livro 1)** – Visconde da Casa Verde
570. **O alvo móvel** – Ross MacDonald
571. **O melhor do Recruta Zero (2)** – Mort Walker
572. **Um sonho americano** – Norman Mailer
573. **Os broncos também amam** – Angeli
574. **Crônica de um amor louco** – Bukowski
575. (5). **Freud** – René Major e Chantal Talagrand
576. (6). **Picasso** – Gilles Plazy
577. (7). **Gandhi** – Christine Jordis
578. **A tumba** – H. P. Lovecraft
579. **O príncipe e o mendigo** – Mark Twain
580. **Garfield, um charme de gato** – Jim Davis